나는 퇴계다

1판 1쇄 인쇄 | 2024년 02월 01일
1판 1쇄 발행 | 2024년 02월 06일

지 은 이 | 박상하
펴 낸 이 | 천봉재
펴 낸 곳 | 일송북

주 소 | 서울시 성북구 성북로 4길 27-19(2층)
전 화 | 02-2299-1290~1
팩 스 | 02-2299-1292
이 메 일 | minato3@hanmail.net
홈페이지 | www.ilsongbook.com
등 록 | 1998.8.13(제 303-3030000251002006000049호)

ISBN 978-89-5732-313-7 (03800)
값 14,800원

※ 책값은 뒤표지에 있습니다. 잘못된 책은 구입처에서 교환해 드립니다.

근세

지킬 것은 굳게 지킨 성인군자 보수의 표상

나는 퇴계다

박상하 지음

일송북

나는 퇴계다

'완전한 인간'을 위한 자기 단련의 길이 나 퇴계다

"나는 책이 닳도록 수백 번을 읽었다. 그랬더니 글이 차츰 눈에 뜨였다. 주자도 반복해서 독서하라고 이르지 않았던가? 다른 사람이 한 번 읽어서 알면, 나는 열 번을 읽는다. 다른 사람이 열 번 읽어서 알게 된다면, 나는 천 번을 읽었다."

-퇴계가 독자에게-

서문

한국을 만든 인물 500인을 선정하면서

일송북은 한국을 만든 인물 5백 명에 관한 책들(5백 권)의 출간을 기획하여 차례대로 펴내고 있습니다. 이는 긍정적이든 부정적이든 우리 역사에 뚜렷한 족적을 남긴 인물들의 시대와 사회를 살아가는 삶을 들여다보고 반성하며, 지금 우리 시대와 각자의 삶을 더욱 바람직하게 이끌기 위해서입니다. 아울러 한국인의 정체성은 무엇인가를 폭넓고 심도 있게 탐구하는, 출판 사상 최고·최대의 한국 인물 총서가 될 것입니다.

시리즈의 제목은 「나는 누구다」로 통일했습니다. '누

구'에는 한 인물의 이름이 들어갑니다. 한 인물의 삶과 시대의 정수를 독자 여러분께 인상적·효율적으로 전할 것입니다. 무엇보다 지금 왜 이 인물을 읽어야 하는가에 충분히 답해 나갈 것입니다.

이번 한국 인물 500인 선정을 위해 일송북에서는 역사, 사회, 문화, 정치, 경제, 국방, 언론, 출판 등 각 분야의 전문가들로 선정위원회를 구성했습니다. 선정위원회에서는 단군시대 너머의 신화와 전설쯤으로 전해오는 아득한 상고대부터 아직도 우리 기억에 생생한 20세기 최근세까지의 인물들과 그 시대들에 정통한 필자를 선정하고 있습니다.

우리는 지금 최첨단 문명시대를 살고 있습니다. 인터넷으로 실시간 글로벌시대를 살고 있으며 인공지능 AI의 급속한 발달로 인간의 정체성마저 흔들리고 있음을 절감하고 있습니다.

이러한 때일수록 인간의, 한국인의 정체성이 더욱 절실히 요구되고 있습니다. 그 정체성은 개인이나 나라의 편협한 개인주의나 국수주의는 물론 아닐 것입니다. 보수와 진보 성향을 아우르는 한국 인물 500은 해당 인물의 육성으로 인간 개인의 생생한 정체성은 물론 세계와 첨단 문명시대에서도 끈질기게 이끌어나갈 반만년 한국인의 정체성, 그 본질과 뚝심을 들려줄 것입니다.

한국 인물 500 선정위원회 (가나다 순)

위원장: 양성우(시인, 前 한국간행물윤리위원회 위원장)

위원: 권태현(소설가, 출판평론가), **김종근**(미술평론가), **김준혁**(역사, 한신대 교수), **김태성**(前 11기계화사단장), **박상하**(소설가), **박병규**(前 중앙일보 경제부), **배재국**(시인, 해양대 교수), **심상균**(KB국민은행 노조위원장), **윤명철**(역사, 前동국대 교수), **오세훈**(언론인, 前 기아자동차 홍보실장), **이경식**(작가, 번역가), **오영숙**(前 세종대학교 총장), **이경철**(문학평론가, 前 중앙일보 문화부장), **이동순**(시인, 영남대 명예교수), **이덕일**(순천향대학교, 역사), **이순원**(소설가), **이종걸**(이회영기념사업회장), **이중기**(농민시인), **장동훈**(前 KTV 사장, SBS 북경 특파원), **하만택**(성악가)

차 례

들어가는 글

'퇴계'의 역사 근육을 찾아서

주말의 오후면 어김없이 맞닥뜨리는 장면이 있다. 그 사이 해가 숱하게 바뀌고, 정권의 주인공 또한 벌써 몇 번이나 새로운 얼굴들이 등장하였는데도, 주말에 도심을 지나칠 적마다 변함없이 만나게 되는 낯익은 풍경이 있다. 거리의 차도를 가득 메운 무수한 인파와 진동하는 함성이다. 날이 선 시선들이다. 꺼질 듯 위태롭게 넘실대었던 촛불의 물결이 썰물처럼 휩쓸고 지나간 자리에, 또다시 바람에 나부끼는 이런저런 깃발의 물결이다. 주말 도심에서의 집회가 그칠 줄 모르고 있다. 우리 사회는 아직도 뒤엉킨 실타래 속의 갈등에서 좀처럼 헤어나지 못하고 있다.

요즘 들어 보수와 진보가 크게 흔들리고 있다고 말한다. 보편적 개념으로서의 정체성을 의심받고 있다. 언필칭 보수의 정신과 전통을 자처하고 있으나 '진정한 보수'로 볼 수 없다고 위협받고 있다. 언필칭 진보의 정신과 전통을 자처하고 있으나 '진정한 진보'로 볼 수 없다고 공격당하고 있다. 가짜 보수의 탄생과 몰락을 속절없이 지켜보면서 우리 사회에서 보수의 개념은 서구의 보수(conservative) 개념과 더 멀어지고 있으며, 또한 비상식적 가짜 진보의 자기 파괴적 역사를 속절없이 바라보면서 진보의 개념 역시 서구의 진보progressive 개념과 틈새가 더 벌어졌다고 입을 모은다. 과연 진정으로 무엇이 보수이고 진보인지, 역사에서 보수와 진보란 도대체 무엇을 뜻하는 것인지, 소란한 도심 풍경과 뒤엉킨 혼돈 속에서 저마다 자신에게 묻고 있음을 보게 된다.

퇴계(1501~1570) 이황李滉이 살았던 시대 또한 같았다. 그때에도 지금의 주말 풍경과 별반 다르지 않았다. 소란한 민심과 뒤엉킨 혼돈 속에서 헤어나지 못하고 있었다. 이른바 새 왕조의 창건 정신을 중시하는 훈구파와 주자학(성리학)의 정신을 중시하는 신진 사림파로 양분된 채였다. 두 진영 사이의 대립이 막바지 절정에 달한, 피비린내 나는 사화士禍의 한복판에 서 있던 시대였다.

퇴계가 출사하기 위해 과거 공부를 하고 있을 19세 때에는 조광조 · 김정 · 김식 등 수십 명에 달하는 사림파가 무참히 죽어나가는 기묘사화(중종 14년)가 일어났다. 2년 뒤에는 기묘사화 때 가까스로 살아남은 사림이 또다시 떼죽음을 당하거나 유배되는 신사무옥(중종 16년)이 일어났다. 기묘사화와 신사무옥으로 사림의 젊은 인재들이 무수히 죽어나가는 것을 지켜보아야만 했다.

24세 때에는 기묘사화를 주도한 훈구의 권신權臣 김안로가 파직되면서, 잠시 숨통이 트이는가 싶었다. 하지만 3년 뒤 김안로의 아들 김희가 동궁(훗날 12대 인종)을 저주하는 '동궁 작서의 변'을 일으키면서 김안로가 전격 재기함에 따라, 사림의 기대는 또다시 물거품으로 돌아갔다.

효혜공주(중종의 장녀)의 남편인 김희가 아버지의 정적인 심정·유자광 등을 제거하기 위해 꾸민 정치 음모였다. 김희는 중종(11대)의 후궁인 경빈 박씨와 그녀의 아들 복성군을 죽이고, 아버지 김안로를 재집권시켰다.

이처럼 소란한 정치 지형 속에 또 다른 정치 세력이 등장케 되면서, 조정은 혼돈 속에 빠져들었다. 중종의 외척인 윤원로·윤원형 형제가 주축이었다. 두 형제의 등장으로 조정은 조선 초 이래 훈구파와 사림파 사이의 대결장에서 훈신勳臣과 척신戚臣으로, 다시 척신 세력이 양분된 대윤(윤임)과 소윤(윤원형) 정파의 대결장으로 바뀌어 바람 잘 날이라곤 없었다.

이 같은 소란한 정치 현실은 퇴계에게 현실정치 자체를 혐오하게 만들었다. 그가 훗날 과거에 급제하여 출사하였을 적에도 임용과 사직을 거듭한 것 역시 그와 같은 현실정치에서 벗어나고자 하는 고육지책이었다.

그러나 12세 어린 나이에 명종(13대)이 왕위에 오르면서 정국은 또다시 요동쳤다. 어린 명종의 생모인 문정왕후가 수렴청정하면서, 을사사화(명종 1년)가 일어나 사림

제거의 피바람이 불게 된 것이다.

퇴계가 홍문관 응교(정4품)로 부름을 받아 조정에 복귀했을 땐, 소윤 정파의 윤원형 일당이 을사사화 이후 잔존한 정적 또는 사림을 제거하기 위해 정미사화(명종 2년)를 일으켰다. 퇴계는 정미사화의 피바람을 지켜보면서 자신이 정치 풍파의 한복판으로 잘못 복귀한 것을 깨달았다. 또 이때 벼슬보다는 학문에, 현실보다는 이상에 가치를 둔, 고향에 은거하며 제자들을 길러내는 은거강학隱居講學의 생각으로 옮겨가기에 이른다.

한데 같은 해 여름, 어린 시절 과거 공부를 함께 하며 유난히 친밀했던 넷째 형 이해李瀣가, 곤장을 죽도록 맞고 갑산으로 귀양 가는 길에 장독杖毒으로 별세했다는 청천벽력과도 같은 비보를 전해듣게 된다. 자신보다 한 해 먼저 과거에 급제하여 한성부 부윤(종2품)으로 있던 중, 그만 '유신維新사건'이라는 정쟁에 휘말려 변을 당하고 말았다.

퇴계가 이렇듯 현실정치에 환멸을 느꼈던 건 잇따른 사화로 말미암아 수많은 사림이 죽어나가는, 비상식적인 정치 실상을 목격하면서부터였다. 그때부터 벼슬을 떠나 은거강학의 길을 모색하였다면, 넷째 형 이해의 비극은 그런 자신의 뜻을 더욱 확고히 다지는 직접 원인이 되었다.

퇴계는 '완전한 인간'을 위한 학문, 곧 성리학性理學의 이상을 왕조정치의 이상으로 구현하고자 노심초사하고 몸부림친 큰 선비였다. 나아가 그의 현실 앞에 놓인 시대 상황은 자신의 생각과 진로를 결정 짓는데 중대한 갈림길이 되었다. 자기 앞에 전개되는 시대 상황을 지켜보며 뼛속 깊은 각성과 흔들림 없는 자기 단련의 길을 걷게 된 것이다.

우선 그가 벼슬살이를 할 땐 피비린내 나는 사화를 고스란히 관통한 데 이어, 외척이 득세하는 현실을 속절없이 지켜보아야 했다. 훈신과 척신이 곧 상식을 지배하는 정치 현실에서 사림인 그가 언제 어떻게 죽임을 당할지 알 수 없는 혼돈의 시대에, 현실보다는 이상에 가치를 둘 수밖에 없었다. 조정에서 자신의 뜻을 펼치기보다는 자처해서 지방의 외직으로 떠돌거나 벼슬을 사양하는 사직소를 반복해서 올리지 않으면 안 되었다. 공자와 맹자가 그랬던 것처럼 현실정치에 기웃거리지 아니하고, 은거하며 학문을 닦고 제자를 길러내는 길이었다. 뼈저린 각성 속에 교육의 이상에서 시대의 방향성을 찾는 데 여생을 바친다.

따라서 그는 경제보다는 먼저 윤리를, 현실보다는 우선 이상을, 큰 의리를 위해 결코 작은 의리도 저버릴 수 없다는 '지키는 원칙'에 무게 중심을 두었다. 현실정치를 꿈꾸는 위정론爲政論보다는 시대의 방향성에 더욱 주목하는 치본론治本論을 중심으로 하는 이상정치를 꿈꾸었다.

요컨대 보존과 수호의 가치가 변화해야 할 가치보다 더 소중하다는 보수의 정신이었다. 곧 기존의 정치경제 체제를 발전·유지시키고자 하는 보수의 이념을 더욱 확고히 했다. 변화보다는 보존을 중시하여 부단히 수호하려는 '지속 사고'를 구축하고 실천하는 스승으로의 길이었다. 이 땅에 그 씨앗을 맨 처음 심으면서부터 시작되어, 오늘날 보수의 뿌리에까지 맞닿게 된다.

1장

내가 되다

퇴계의 탄생

퇴계(이황의 호) 이황李滉은 연산군 7년(1501) 경상도 예안(지금의 안동)에서 6남 가운데 막내로 태어났다. 아버지 이식李埴은 39세였으며, 어머니 박씨 부인은 32세였다.

어머니 박씨 부인은 아버지의 후취였다. 초취初娶인 김씨 부인은 2남 1녀를 낳고 29세로 일찍 세상을 떴다. 후취로 들어온 박씨 부인은 아들 여섯을 두었는데, 퇴계는 박씨 부인의 막내아들로 태어났다.

집안의 조상에 대해선 상세한 기록이 전해지지 않는다. 다만 6대조인 이석李碩은 지방 관아의 아전을 지냈다. 진보현(지금의 청송군 진보면)의 서리縣吏였다. 그런 그가 뒤늦게 향시初試에 급제하여 생원生員이 되었다. 비로소 사대부의 신분에 오른 것이다.

5대조 이자수는 고려 말에 과거의 대과에 급제하여 편전의시사(정3품)에 이르렀고, 고조부 이운후는 군기시軍器寺의 부정(종3품)을 지냈으나 정확한 행적은 전해지지 않는다. 증조부 이정은 영변 지역의 판관(종5품)과 한산군수(종4품)를 역임한데 이어, 선산 도호부사(종3품)를 지냈다. 조부 이계양은 향시에 급제하여 진사進士가 되었으나, 일찍부터 과거 공부를 접고 산림에 은거하며 자녀들을 가르치는 것으로 여생을 보냈다.

이처럼 퇴계의 선대에는 큰 벼슬을 한 인물이 없었다. 5대조와 증조부가 벼슬길에 나아갔으나 당하관(정3품 이하의 벼슬)에 머물렀다. 조부와 부친은 벼슬길에조차 나아가지 못한 채 진사에 그쳤다.

퇴계의 집안에서 가장 큰 벼슬을 한 인물은 작은아버지 이우李堣였다. 숙부 이우는 연산군 연간에 과거의 대과에 급제하여 출사했다. 이조좌랑(정6품), 사헌부 장령(

정4품), 사간원 사간(종3품), 동부승지(정3품), 진주 목사(정3품), 호조 · 형조 참판(종2품), 강원도 관찰사(종2품)를 거쳐, 노모를 봉양하기 위해 잠시 사직했다. 그러다 고향에서 가까운 안동 부사(종3품)로 다시 나아갔으나 49세의 젊은 나이로 세상을 떴다.

그러나 퇴계의 아버지는 어려서부터 학문을 가까이한 학골學骨이었다. 초취 부인 김씨는 예조정랑(정5품) 김한철의 딸이었는데, 장인 김한철이 그만 세상을 떴다. 그런 처가에는 경전을 비롯하여 역사 및 제자백가 등에 관한 책이 유난히 많았다. 장모 남씨 부인은 "내가 들으니, 책은 공공의 물건이어서 반드시 선비에게 돌아가야 마땅하다. 하지만 내 자식들은 이 책을 갖기에 부족하다"라면서, 많은 책을 사위인 이식에게 모두 넘겨주었다.

많은 책을 갖게 된 퇴계의 아버지는 6살 아래인 동생 이우와 더불어 책 속에 묻혀 살았다. 밤낮을 가리지 않고 학문에 힘썼다. 이렇게 퇴계의 아버지와 숙부 이우가 학업을 이루자, 사람들은 이들 형제를 우러러보았다.

하지만 성품이 굽히지 않아 좀처럼 세속을 따르지 않

았던 퇴계의 아버지는, 과거시험의 문장 형식을 달갑게 여기지 않았다. 때문에 번번이 낙방하다가, 막내아들인 퇴계가 태어나던 해인 39세에 뒤늦게야 향시에 급제하여 진사가 되었다.

하지만 벼슬길에 나아가기에는 이미 때가 늦었다. "나는 끝내 때를 만나지 못하였으니, 마땅히 학도를 모아 가르친다면 또한 나의 뜻을 저버리지 않을 수 있지 않겠는가"라며, 후학을 가르칠 뜻을 품었다. 그러나 이듬해 병이 들어 세상을 떴다. 40세의 한창 젊은 나이였다.

퇴계의 아버지는 생전에 이런 탄식을 자주 하곤 했다. "여덟이나 되는 자식 가운데 나의 뜻을 따르고 나의 수업을 이을 수 있는 아들이 있다면, 내가 끝내 이루지 못하였다 하더라도 여한이 없을 것이다." 자신은 비록 세상에 나아가 뜻을 펼쳐볼 기회를 얻지 못하였으나, 자식들에게 거는 기대가 적지 않았음을 알 수 있다. 평소 그 같은 자세와 실천으로 이어졌음을 엿볼 수 있게 한다.

또 그 같이 일찍부터 과거 공부를 접고 산림에 은거하며, 자식들을 가르치는 것으로 여생을 보냈던 조부와 부친의 가학家學이 결국 '퇴계의 탄생'에 밑돌이 되었다. 퇴계가 어릴 적에 숙부 이우에게서 교육을 받았다지만, 결과적으로 보았을 때 이 같은 가학의 밑돌이 있었기에 가능했다. '퇴계의 탄생'에 결실을 거둘 수 있었던 것이다.

퇴계가 태어난 연산군 7년(1501)은, 이른바 사림파가 무수히 죽어나간 무오사화가 일어난 지 꼭이 3년 뒤였다. 더불어 반대 정파인 훈구파가 마침내 사림파에 의해 제거되는 갑자사화가 일어나기 꼭이 3년 전이었다. 조선 초 이래 권력을 유지하기 위해 정국을 지배해오던 훈구 세력을 마침내 유학을 이념화하며 비판의식을 제기하는 사림 세력이 오랜 투쟁 끝에 물리쳐낸, 피비린내 나는 광풍이 마지막 휩쓸고 지나가는 혼돈의 시기였다.

어머니 박씨 부인은 퇴계를 낳던 날 신비한 태몽을 꾸었다. 공자가 대문 안으로 들어서는 꿈을 꾼 것이다.

어머니 박씨 부인의 소원은 그런 퇴계가 커서는 조그마한 지방 고을의 원님이 되는 것이었다. 그런 어머니의 소원에 따라 어린 퇴계가 글을 읽기 시작한 것은 6세 때였다.

그렇다고 다른 아이들처럼 서당에 다니면서 훈장의 가르침을 받을 수 있는 집안 형편이 아니었다. 그저 이웃에 산다는 「천자문」 정도를 겨우 읽을 줄 아는 어떤 노인에게서 처음 글을 배우기 시작했다. 그나마 스승에게서 배운 마지막 수업이기도 했다. 12세 때 숙부에게서 짧은 기간 『논어』를 배우기까지 무려 6년여 동안이나, 배움에 있어 가장 중요한 시기에 혼자서 공부해나가지 않으면 안 되었다.

어머니 박씨 부인

모든 강은 그 강물에서만이 맡을 수 있는 독특한 냄새가 있기 마련이다. 치어일 때 수천 킬로 밖 먼 바다로 나갔던 연어가, 마침내 성어가 되어 자신을 낳아준 강으로 용케 다시 찾아올 수 있는 것도 딴은 그 독특한 냄새 때문이라고 한다.

연어라는 미물이 그러할진대 하물며 인간이라면 어떻겠는가? 겨우 눈이나 뜬 핏덩이인 채 해외로 입양된 아이가 후에 장성해서 모국을 찾아와 어미를 찾는 건 또 무슨 까닭이겠는가?

좀 다른 얘기이긴 하지만, 어떤 한 인물이 태어나 성장하는 데 가장 많은 영향을 끼치는 건 무엇일까? 가족, 교육, 환경, 책, 친구, 여행, 생각, 부유와 가난 등 여러 가지를 거론해볼 수 있다. 그중에서도 딱 하나만을 골라 든다면 대개는 어머니를 꼽지 않을까 싶다. 한 인물을 성장시키는 데 있어 어머니라는 존재만큼 영향을 크게 미치는 것도 딴은 또 없기 때문이다. 한 인간이 태어나 성숙하기까지 어머니에게서 받는 영향력이 그만큼 절대적인 까닭에서다.

'퇴계의 탄생' 역시 어머니로부터였다고 해도 마땅하다. 단순히 출생만이 아니라 퇴계의 생애에서 가장 많은 영향을 끼쳤던 이는 단연 어머니 박씨 부인이었다.

그럼 '퇴계의 탄생'에 절대적인 영향을 미쳤던 박씨 부인은 과연 어떤 어머니였을까? 다음은 퇴계의 눈에 비친 어머니 박씨 부인에 대한 내용이다.

어머니 박씨는 춘천이 관향이다. 고려 말에 원비元庇**라는 분이 있었는데, 벼슬은 판사(종1품)였다. 이분이 광정**光廷**을 낳으면서, 경상도 용궁현 대죽리로 이사하였으니 곧 어머니의 4대 고조부다. 3대 증조부의 이름은 농칠**農漆**인데, 현감(종5**

품)을 지냈다. 2대 조부는 효전孝佃이고, 아버지(외조부)는 치緇인데, 모두 숨은 덕이 있었으나 벼슬은 하지 않았다. 어머니(외조모)는 월성 이씨로 생원 시민時敏의 딸이다. 대사헌(종2품)을 지낸 승직繩直의 후손이다. 경인년(1470) 3월 18일에 태어났다. 타고난 자질이 아리따웠으며, 자라서 우리 아버지의 계실(후처)로 들어왔다. 돌아가신 아버지는 뜻이 돈독하고 옛것을 좋아하였으며, 경사經史에 탐닉하였다. 또 과거 공부는 곁일로 여겼으며, 가사에도 등한시하였다. 어머니는 시어머니를 성심껏 섬기면서 조상을 받들었고, 안살림을 근검으로 다스렸다.

아랫사람을 엄하면서도 자혜롭게 대했다. 노비들을 거느리는 데는 모든 사람이 스스로 의뢰하고자 하였다. 길쌈(옷 만드는 일)을 하여 생활하였으나, 밤새도록 하여도 게을리한 적이 없었다. 신유년(1501)에 아버지께서 진사에 급제한 뒤, 이듬해 6월에 병으로 돌아가셨는데 그때 맏형님이 겨우 장가를 들었을 뿐, 나머지 형제는 모두 어렸다.

어머니께서 깊이 생각하시기를, 많은 아들을 두고 초년에 과부가 되어 가문을 잇지 못하고 마침내 시집·장가를 떳떳이 보내지 못하게 된다면, 이는 크게 근심스럽고 두려운 일이라고 하였다. 삼년상을 마치자, 제사 일을 맏이에게 맡기고 그 옆에 방을 내어 거처하면서, 더욱 열심히 농사일을 짓고 아울러 누에를 쳤다. 갑자년(1504)과 을축년(1505)에는 부역과 세금이 혹심하여 많은 사람은 살림이 결딴났는데도 어머니께서는 능히 먼 앞날을 내다보면서 환란을 도모할 수 있었으며, 옛 가업을 잃지 않고 지킬 수 있었다.

여러 아들이 점점 자라면서 가난을 벗어날 수 있었으며, 멀고 가까운 스승을 좇아 공부할 수 있도록 학자學資를 마련하였다. 언제나 훈계하시기를, "다만 문예만을 할 것이 아니라 몸가짐을 삼가는 것이 귀하다" 하였고, 사물에 알맞은 비유로써 가르침을 하였다. 또 언제나 간절히 경계하시기를, "세상에선 과부의 아들은 배움이 없다고 말하기 일쑤이니 너희가 백배의 노력을 기울이지 않는다면 이러한 비웃음을 어찌 면할 수 있겠는가"라고 하였다.

뒤에 두 아들이 과거에 급제하고 벼슬길에 오르니 어머니께선 영진榮進이라 기뻐하지 아니하시고, 늘 세상의 환란을 근심하였다. 문자를 배운 적은 없으나, 평소에 들은 아버님의 정훈庭訓과 여러 아들이 서로 강습하는 것을 들어서 가끔 깨우쳐 이해하는 바가 있었으며, 의리로 비유하여 사정을 밝게 아는 지식과 생각은 마치 사군자士君子와 다를 바가 없었다. 그러나 속으로만 지니고 있을 뿐, 겉으로는 항상 조용하고 조심할 따름이었다. 정유년(1537) 10월 15일에 병환으로 돌아가시니 수는 68세였다….

어떤가? 퇴계의 어머니 박씨 부인이 어떤 여성이었는지 얼추 비주얼이 그려지지 않은가? 예컨대 '김쌈을 하여 생활하였으나, 밤새도록 하여도 게을리한 적이 없다'는 대목에선 가난한 여성의 몸이지만 결코 굴하지 않는 굳은 자세가 엿보인다. '갑자년과 을축년에는 부역과 세금이 혹심하여 많은 사람의 살림이 결딴났는데도, 어머니께서는 능히 먼 앞날을 내다보면서 환란을 도모할 수 있었으며'라는 대목에선 깊은 안목과 슬기가 엿보이고, '언제나 간절히 경계하시기를, 세상에선 과부의 아들은 배움이 없다고 말하기 일쑤이니 너희가 백 배의 노력을 기울이지 않는다면 이러한 비웃음을 어찌 면할 수 있겠는가'

라는 대목에선 어린 퇴계에게 어떤 점을 강조하면서 가르쳤는지 쉽게 유추해볼 수 있다. 또한 '멀고 가까운 스승을 좇아 공부하도록 학자금을 마련하였다'는 대목에선 다른 무엇보다 교육을 중요시하고 있었음을 알 수 있게 한다.

아울러 '문자를 배운 적은 없으나… 밝게 아는 지식과 생각은 마치 사군자와 다를 바가 없었다'라는 대목에선 인품을 그려볼 수 있으며, '겉으로는 항상 조용하고 조심할 따름이었다'와 특히 '옛 가업을 잃지 않고 지킬 수 있었다'라는 대목에선 어린 퇴계가 어머니로부터 어떠한 정신과 가치를 가슴속에 새기며 자랐는가를 짐작해볼 수 있다. 속으로는 한없이 자애로웠으면서도, 겉으로는 매우 엄격한 규범을 가진 어머니였다는 생각이 든다.

이 같은 어머니 못지않게 '퇴계의 탄생'에 있어 중요한 인물은 또한 아버지라고 볼 수 있다. 어머니로부터 안으로 새겨다져야 할 내면의 세계를 얻어나간다면, 아버지로부터는 바깥세상으로 나아가는 외면의 세계를 구축해 나가기 마련이다.

그러나 앞서 퇴계의 아버지는 그가 태어나자마자 일

찍 세상을 떴다. 퇴계가 어머니로부터 “아비 없는 자식이란 소릴 듣지 말고 스스로 실력을 기르라”라는 훈계를 귀에 못이 박히도록 들으며 자랐던 이유다.

그렇더라도 아버지의 부재는 어린 퇴계에게 이만저만한 상실감이 아니었다. 아버지의 부재가 느껴지지 않도록 어머니가 대신해서 만전을 기했다 하더라도 결코 남다를 수밖엔 없었다.

물론 아버지의 부재로 말미암아 어린 시절의 퇴계에게 꼭이 의지가 부족했다고 단정하여 말하기는 어렵다. 그렇더라도 이 부분에 대한 어린 시절의 퇴계를 한 번쯤 되돌아보지 않을 수 없게 한다. 정도의 차이는 있을 순 있겠으나, 아버지의 부재가 주는 영향이 어땠을지 설명이 필요한 부분이다.

사람은 흔히 어떤 어려움에 처하게 되면 감정이 고조되기 마련이다. 시야가 확장될 뿐 아니라 눈앞의 사물이 더욱 더 잘 보인다고 한다. 가령 한 치 앞을 내다보기 힘든 깜깜한 밤길을 혼자서 걸어가야 한다고 하자. 어떨 것 같은가? 어떤 어려운 환경에 처한 사람과 그렇지 않은 사람과의 행보는 결코 같다고 볼 수 없다. 눈동자의 동공은 확장되기 십상이고, 발길은 차마 신중해질 수밖에 없는 이치와 같다.

어린 시절 아버지의 부재란 이와 별반 다르지 않았다. 어린 시절의 퇴계 또한 크게 다르지 않았을 것이란 얘기다.

실제로 어린 시절 아버지의 부재는 퇴계에게 자신의 감정과 생각을 겉으로 다 드러내지 않도록 만들었다. 말수가 그리 많지 않은 대신 생각이 깊으며 매우 신중한 아이로 자랐다. 이는 그가 평생 동안 늘 삼가고 조심스러운 수렴형의 인간으로 살아갈 수밖에 없는 배경이 되었다. 어머니 또한 늘 간절히 경계했던 것처럼, 아니 홀로 자신을 '지켜내기 위해서'라도 부단하게 자신을 엄격히 채찍질할 수밖에 없었다.

따라서 그는 무언가를 바꾸어 새로운 세계를 열어나가기보다는, 아버지의 부재로 말미암아 상실한 어떤 무언가(?)를 반드시 되찾아내어 '지켜나가고자' 하는 가치, 곧 그와 같은 자세와 정신을 길러나가게 되었다고 보는 것이

필자의 생각이다. 앞으로 좀 더 깊이 살펴보겠지만, 실제로 퇴계는 자신의 전 생애를 통해서 그와 같은 모습과 역사를 한사코 관통하고 있음을 보게 된다.

초라한 첫 수업

퇴계의 첫 수업은 전술한 대로 초라하게 시작되었다. 6살이 되자 이웃에 사는 어떤 노인에게서 글자를 배우기 시작한 것이다. 노인은 겨우 천자문 정도를 아는 정도였다. 퇴계는 매일 아침 그를 찾아가 글을 배웠다. 사립문 앞에 이르면 반드시 전날 배운 내용을 여러 번 암송한 다음 들어가, 절을 한 뒤 가르침을 받았다.

이는 남에게서 가르침을 받은 처음이자 마지막 수업이었다. 찢어지게 가난했던 과부의 7남매 가운데 막내였던 퇴계는, 다른 아이들처럼 서당에 다니면서 훈장의 가르침을 받을 만한 형편이 되지 못했다. 이후 가르침을 다시 받게 되는 12살 때까지는 혼자서 문자 학습을 해나갔던 것으로 보인다.

흔히 8살이 되면 아이들은 서당에 입학하는 것이 당시 전통 교육의 관례였다. 공부 과목의 순서를 살펴보면, 먼저 「천자문」을 모두 뗀 뒤, 유학의 입문서랄 수 있는『소학小學』을 배워나갔다.

하지만 서당에서 정규 교육을 받지 못했던 퇴계의 자율학습은, 그 같은 학습 순서가 지켜지지 않았다. 그가 20살이 되도록『소학』을 미처 공부하지 못했다.『소학』을 배우지 아니한 채 사서四書를 공부하기 시작했다. 사서의 학습 순서인『대학』→『논어』→『맹자』→『중용』조차 지켜지지 않았던 것이다.

나는 일찍 학문에 뜻을 두었으나 깨우쳐줄 만한 스승이나 벗이 없어, 공부의 길에 들어선 지 10년이 지나도록 학문에 들어갈 길을 몰라 헛되이 생각만 한 채 갈팡질팡하였다. 때로는 눕지도 않고 고요히 앉아서 밤을 지새운 적도 있었으나 마침내 마음의 근심을 얻어 여러 해 동안 학문을 중단하지 않으면 안 되었다. 만약 내가 참된 스승이나 벗을 만나 가르침을 받았더

라면, 어찌 구태여 심력을 헛되이 써서 오늘에 이르도록 얻은 것이 없겠는가….

퇴계는 이 때문인지 노년에 자신의 평생을 돌아보며 한숨지었다. 젊은 날에 독학으로 방황하지 않고 스승을 만나 요령을 얻었다면, 자신의 학문은 보다 더 크게 성취할 수 있었을 것이라고 술회했다. 독학하는 사람이 학문의 방법과 요령을 익히기 위해 홀로 겪어내어야만 했던, 쓰라린 방황과 힘겨운 실패의 경험을 감당하면서 스스로 이치를 터득해나가야 했던 어려움을 토로한 적이 있다.

퇴계가 이웃에 사는 어떤 노인에게서 첫 가르침을 받은 데 이어, 두 번째이자 마지막으로 가르침을 받게 된 것은 12살 때였다. 숙부 이우에게서였다.

당시에 숙부는 강원도 관찰사(종2품)였다. 하지만 노모를 봉양하기 위해 사직하여 잠시 고향에 돌아와 머물고 있었다. 고향에서 가까운 안동 부사(종3품)에 다시금 제수되어 떠날 때까지, 정월부터 3월까지 석 달여 동안 사서삼경四書三經 가운데 『논어』를 그런 숙부에게서 배우기 시작했다.

예컨대 당시 국립대학이었던 성균관에서 학습하는 기간을 보면 『대학』이 1개월, 『중용』이 2개월, 『논어』와 『맹자』가 각 4개월, 『시경』·『서경』·『춘추』가 각 6개월, 『주역』과 『예기』가 각 7개월이었다. 『논어』는 석 달이면 한 차례 독파할 수 있다는 얘기였다.

뒷날 퇴계는 이때 숙부에게서 가르침을 받던 과정을 돌이켜보면서 배움의 성장 과정에 대해 이렇게 말했다. "…이렇게 배워 나가기를 오래 하니, 처음 배울 때와는 사뭇 달라졌다. 읽기를 3권, 4권에 이르자 간간이 스스로 환하게 이해되는 대목이 적지 않았다." 또한 "내가 학문에 게으르지 않은 것은 오직 숙부께서 가르치고 독려해주신 힘이다"라고 말해, 자신이 평생 학문에 전념할 수 있었던 배움의 길이 이때 숙부에게서 받은 엄격한 수업에 힘입은 것이었음을 밝히기도 했다.

물론 이때 퇴계의 『논어』 공부 또한 순전히 자율학습이었을 것으로 추측된다. 숙부가 병중이었으므로, 이해하기 어려운 곳만 질정質正하고 주해註解해주는 데 그쳤을 것으로 보인다. 퇴계의 제자 이덕홍은 자신의 『계산기선록溪山記善錄』에서 당시의 광경에 대해 스승이 설명한 얘기를 그대로 전하고 있다.

내가 12살 때 숙부에게서 『논어』를 배웠는데 13살에 마쳤다. 숙부께서는 학습 과정을 엄하게 세워 시간을 헛되이 보내지 않도록 하였다. 나는 그 말씀에 따라 조금도 게으르지 않도록 삼갔다. 이미 안 것은 다시 복습하였고, 한 권을 마치면 내리 한 권을 외웠다. 두 권을 마치면 내리 두 권을 외었다. 그러기를 오래 하자 초학 때와는 점점 다르게 되고, 서너 권에 이르니 점차 스스로 통하는 곳도 더러 있었다. 『논어』의 19장 「자장」 편을 배울 땐 "무릇 사물의 옳은 것이 이理입니까?"라고 여쭈었더니, 숙부께서 "네가 이미 문장의 깊은 뜻을 이해하였구나"라고 하셨다. 그 말씀을 듣고 집으로 돌아오는 길엔 마음에 석연하게 짚이는 점이 있는 것 같아 기뻤다….

같은 해 가을에는 5살 위인 넷째 형 이해와 함께 집에서 멀지 않은 산사山寺에 들어가 공부할 수 있었다. 퇴계

형제의 산사 학습은 오로지 숙부의 배려 덕분이었다. 장차 과거시험을 대비하기 위함이었다. 숙부는 그런 퇴계 형제에게 시문을 지어 보내 격려도 아끼지 않았다.

푸른 산봉우리는 병풍처럼 둘렀는데
흰 눈이 내려 누각에 쌓이는구나
산사 깊은 곳은 밤공부하기 좋은 곳
삼다三多(많이 읽고, 쓰고, 생각하라)로 석 달 겨울을 지내
한 가지 이치를 마땅히 끝까지 추구하여라
경술經術은 귀한 벼슬을 갖추었다고
어느 누가 말하였는고
모름지기 장수藏修함은 뒷날의 입신출세를 위함이고
예부터 공부는 어릴 때부터 하라 일렀으니
다가올 괴시槐市(과거시험)도 얼마 남지 않았구나

한밤에 무릎 꿇고 간직한 마음

퇴계가 15살이 되던 해(1515)였다. 숙부가 잠시 고향으로 돌아왔다. 고향에서 멀지 않은 봉화군 청량산의 청량암(지금의 청량사)에 머물고 있을 때였다. 퇴계도 형들을 따라 청량암으로 향했다. 숙부를 모시고 공부를 하기 위함이었다. 이후로도 이 암자에서 여러 차례 머물며 공부를 해서인지 애정이 각별했던 것 같다.

뒷날 퇴계는 이 암자에 대한 기억을 새삼 떠올린다. 조선 최초의 사학인 백운동서원을 세운 주세붕周世鵬의 「청량산록淸凉山錄」에 발문을 붙이면서, 고향에서 멀지 않은 봉화군에 자리한 청량산을 '우리 집 산吾家山'이라고 표현한다.

훗날 벼슬살이를 모두 마친 55세가 되던 해(1555) 겨울에도, 퇴계는 청량산에 들어가 한 달여 동안이나 머물렀다. 이때에도 자신의 어린 시절을 돌아보고 숙부가 남긴 시를 읽으며, "청량암에서 어른을 모시고 노닐던 날을 회상하니, 마치 그때가 엊그제 같은데 어느덧 눈처럼 흰머리가 가득하구나"라고 하면서 눈가에 이슬이 맺히며 깊은 감회에 젖었다. 15살 때의 자신과 같은 어린 조카와 손자들에게 지난날을 돌아보는 시를 읊어주기도 했다.

15살이던 같은 해, 숙부가 고향 땅인 안동에 부사(정3품)로 부임했다. 퇴계도 안동으로 나가 숙부의 도움을 받으며 공부했다.

이듬해에는 숙부가 고향 마을에 애련정이라는 가숙家塾을 세워주었다. 퇴계 형제는 애련정에서 혹은 산사에 들어가 공부를 게을리하지 않았다. 또 때로는 청량산에도 들어가 과거 공부를 계속해나갔다.

17살이 되던 해부터는 퇴계의 공부에 변화가 생겼다. 그때까지의 사서삼경 중심의 경전 공부를 넘어, 주자학(성리학) 본연의 공부에도 뜻을 두기 시작했다. 그는 새로운 세계를 바라보게 된 이때부터 주경야독의 뼈를 깎는 공부를 계속해나간다. 그러다 그만 덜컥 병이 들고 말았다. 당시의 상황은 그의 연보에도 고스란히 전해진다.

내 나이 17~18살일 때다. 고을에는 공부하는 선배가 없어 학문에 대해 물을 만한 데가 따로 없었다. 따라서 옛글을 읽고서 진실한 마음을 구하고, 오만함이 있으면 마음을 간직하여 지킬 따름이었다. 때론 한밤중에 자리에서 홀로 일어나 무릎을 꿇고 앉아 마음을 붙잡아 간직하기도 했다.

날마다 그렇게 몸과 마음을 극도로 다하자, 그만 되레 마음의 병이 생겼다. 거의 실성할 지경에 이르렀다. 여러 날을 치료하고 몸조리하느라 한창의 나이에 전혀 강론과 독서를 하지 못했다. 노쇠함에 이르러서야 성인의 도리가 분명함을 알게 되어 겨우 노년의 모양을 수습하긴 하였으나, 여전히 한결같은 노력을 할 수가 없다….

비록 나는 젊어서 일찍부터 학문에 뜻을 두긴 하였으나, 공부를 과연 어떻게 시작해야 할지 그 길을 알지 못했다. 때문에

정신을 허비하면서까지 혼자 탐구하고 사색하기를 그치지 않았다. 때로는 밤새도록 정좌하고 앉아 잠을 자지 않기도 했다. 이 때문에 그만 마음의 병을 얻어 공부를 하지 못한 날이 여러 해였다. 만약 그처럼 길을 잃었을 때 스승과 벗을 만나 어떤 가르침을 받을 수 있었다면, 어찌 몸과 정신을 잘못 써서 늙도록 터득함이 없었겠는가… .

이 시기에 퇴계는 단순히 경전 공부를 넘어 학문의 본연에 뜻을 두기 시작한다. 주자학의 학습과 이치를 찾는 공부에 몸과 마음을 다하여 몰입했다. 밤잠을 자지 않으면서까지 정좌한 채 홀로 앉아, 마음을 붙잡아 육화시키는데 각고의 노력을 했다. 마치 불가에서 말하는 수도승의 용맹정진하는 모습 그대로였다.

그러나 안타깝게도 그의 주변엔 공부하는 스승이나 벗이 없었다. 때문에 순전히 독학으로, 그것도 과도한 노력을 기울이면서 그만 마음의 병을 얻기에 이르렀다. 자신의 말마따나 '공부하는 길을 몰라 각고하는 노력을 헛되이 하다 지나치게 심해서 파리하고 초췌해지는 병(신경쇠약)'에 걸리고 말았다.

그처럼 공부하는 스승이나 벗이 없어 공부하는 길을 몰라 노력을 헛되이 했던 시간에 이어, 또다시 치료하고 몸조리하느라 한동안 공부에 전념치 못하게 되었음을 알 수 있다. 요컨대 6살이 되던 해 처음으로 이웃에 사는 어떤 노인으로부터 글자를 배우기 시작한 초라한 첫 수업을 비롯해서, 16살이 되기까지의 십여 년이 오직 경전 중심의 학습 단계였다면, 17살 이후부턴 단순히 경전을 넘어 주자학 중심의 연구 단계로까지 변화하는 과정이 진행되었음을 알 수 있다.

18살이 되자 안동 향교에 나가 공부했다. 그로선 정규 교육기관에 처음으로 입학한 셈이었다.

이 무렵 안동 부사는 이현보였다. 그는 향교에 고을 선비들을 불러 모아 학풍을 일으키고 인재를 길러내는 데 힘썼다. 퇴계로선 좀처럼 갖기 어려운 기회가 아닐 수 없었다.

이때 향교에 입학한 고을 선비들은 대부분 나이든 이들이었다. 아직 18살의 소년이었던 그는 어린 축에 속했다. 하지만 이미 경전을 넘어 주자학의 공부에 뜻을 둔 기상이 남달랐던 것일까? 나이 든 고을 선비들도 그의 경건한 자세와 진중한 언행에 쉬 가벼이 대하지 못했다.

이 시기에 퇴계는 두 편의 시문을 짓는다. 십대 후반에 이르게 되면서 청춘의 고뇌도 없지 않았으련만, 어느덧 소년기를 지난 성숙한 청년기의 정서적 수준을 보여주고 있음을 볼 수 있다.

이슬 머금은 풀잎이 물가를 곱게 에워싸고

작은 못은 맑아 모래톱마저 보이지 않는구나

구름이 날고 새가 지나는 것은

서로 깊은 인연이 있는 일이라지만

때때로 날아가는 제비 물결 찰까 두려워라

뒷날 퇴계의 수제자인 김성일金誠一은 이 시문에 주목했다. 자신만의 시선으로 사물을 관조하는 철학적 성품이 남다르고 평했다.

숲속 초가에서 만 권의 책을 혼자 즐기면서도

일상의 평범한 마음으로 지내기를 십 년이 지났네

이즈음에야 어렴풋이나마 근원과의 만남이 보여

내 마음을 모아 잡아 태허(하늘의 뜻)를 본다

이듬해에 지었다는 시문에서 '만 권의 책'이란 다른 게 아니었다. 퇴계의 아버지는 장인으로부터 많은 책을 물려받았다. 퇴계는 아버지로부터 다시 물려받은 그 만 권의 책 속에 파묻혀 오로지 혼자의 힘으로 공부의 길에 전념해간 것이었다.

19살 땐 숙부의 집에서 명나라의 호광胡廣 등 42명의 학자가 집대성한 『성리대전』을 접할 수 있었다. 하지만 이때 퇴계가 읽은 건 『성리대전』의 70권 전체는 아니었다. 이미 오래되어 너덜너덜해진 낙질 가운데 일부분에 불과했다.

그럼에도 감회가 남달랐던 걸까? "나도 모르게 마음이 기쁘고 눈이 열렸다. 공부함이 친숙해지고 오래되니 차츰 깊은 뜻을 알게 되어, 마침내 공부의 문門과 길路을 얻은 듯하다"라고 했다. 비록 너덜너덜해진 낙질의 일부분이었을망정 『성리대전』을 읽게 되면서, 비로소 학문에 입문하는 문에 들어서고, 또한 앞으로 나아가야 하는 길을 깨달음을 밝히고 있다.

특히 『성리대전』 가운데서도 주자가 주석한 주렴계의 「태극도설太極圖說」은 학문의 정수를 보여주었다. 퇴계가 학문의 세계를 찾아가는 첫 출발점으로 삼은 책이기도 했다. 그는 뒷날 제자들에게 「태극도설」을 강론할 때면, "내가 사람들을 가르칠 때 간혹 「태극도설」을 우선하는 것은 나 자신이 젊은 날 이 책으로 말미암아 학문에 들어갔기 때문이다"라고 밝히곤 했을 정도다.

20살이 되었을 때 퇴계는 『예기』와 더불어 가장 난해하다는 『주역』 공부에도 열중하였다. 그의 연보에 따르면 20살 때 침식을 잊어가며 『주역』 공부에 매진하여, 그로 말미암아 몸이 마르고 쇠약해져 다시금 병에 걸렸다고 한데서도 알 수 있다.

한데 그가 『주역』 공부에 그토록 전념케 된 계기가 따로 있었다. 퇴계가 남긴 기록이 아니어서 사실 여부는 확실치 않지만, 그의 제자들 사이에선 전설처럼 회자되던 얘기가 있다.

퇴계가 고향에서 멀지 않은 소백산의 어느 산사에 들어가 『주역』을 혼자 공부하고 있을 때였다. 난해한 문장을 홀로 풀이해나가면서 구두점을 어디에 찍느냐에 따라 해석 내용이 크게 달라지기 때문에 무엇보다 중요했는데, 문장의 구두점을 상세하게 바로 잡아주는 어떤 노승이 있었다.

그런 노승을 그는 언제부터인지 허암虛庵 정희량일 거라고 확신했다. 무오사화(1498) 때 유배되었다가 모친의 상중에 잠시 산책을 나간 이후 홀연히 사라지고만, 사림의 종사로 추앙받던 김종직金宗直의 문인이었다.

퇴계는 노승에게 정희량을 아는지 조심스레 물었다. 노승은 고개를 가로저었다. 그 사람의 이름과 사람됨만을 그저 알 뿐이라고 했다.

그러자 퇴계가 다시 물었다. "허암이 홀연히 자취를 감추고 세상에 나오지 않은 것은 어째서입니까?"라고 했다.

노승은 이렇게 반문했다. "정희량은 모친의 시묘살이

의 예를 다 마치지 못했으니 불효요, 임금의 명을 도피하였으니 불충입니다. 불효와 불충의 죄보다 더 큰 것이 없을진대, 그가 또 무슨 면목으로 다시 세상에 나올 수 있겠습니까?"

노승은 그날 이후 산사에서 더는 볼 수 없었다. 또다시 홀연히 사라지고 만 것이다.

성균관에 두 차례 유학을 가다

퇴계는 21세(1521) 때 혼인했다. 아내는 경상도 영주의 진사進士 허찬의 딸이었다. 허찬은 영주의 처가에 얹혀 살았는데, 청풍 군수(종4품)였던 그의 장인에게는 아들이 없었다. 장인의 재산을 사위가 고스란히 물려받았고, 그런 허찬은 대지주가 되었다. 영남에서도 알아주는 큰 부호였다.

혼인을 한 퇴계는 처음으로 제자도 받아들였다. 장수희라는 16살 소년이었다. 21세의 스승이 16살의 제자에게 깊은 학문까지 가르쳤을 리는 없다. 하지만 퇴계가 길러낸 제자들의 명단이 수록되어 있는 「도산급문제현록陶山及門 諸賢錄」에는 수학하였다는 기록이 있다. 퇴계에게 수학한 장수희는 뒷날 영주의 이산서원伊山書院을 건립하는 데 주역이 된다.

23살 땐 난생처음 한성으로 상경해 성균관에 입관했다. 유일한 국립대학의 유생이 된 것이다.

당시 그는 성균관의 하재下齋에 머물렀다. 상재上齋에는 과거 초시初試에 급제한 생원이나 진사들이 거처했고, 하재에는 유생들이 거처했다.

한데 그는 유생들 사이에서 유난히 도드라져 보였다. 일찍이 안동 향교에 나아가 공부할 적부터 몸에 밴 경건한 자세와 진중한 언행이 유생들 사이에 그만 곱지 않게 비쳤다. 기묘사화(1519)의 광풍이 휩쓸고 지나가면서 선비의 기풍마저 무너져 내려 성균관의 유생들조차 엄격한 예법을 혐오하는 풍조가 만연하던 시기였다. 그의 행동거지를 보고 "허다한 겉치레에만 사로잡혀 있다"라고 수군댔던 것이다.

퇴계는 두 달여 만에 성균관을 나와 고향으로 돌아갔다.

하지만 성균관에서 유학하는 동안 아무런 성과가 없

었던 건 아니다. 어떤 유생에게서 송나라 진덕수가 편찬한 『심경心經』을 처음 빌려 읽게 된 것이다.

퇴계는 빌린 『심경』을 읽으며 예의 깊이 사색하고 또 정밀하게 살폈다. 그는 뒷날 "내가 『심경』을 읽고 나서 비로소 심학心學의 근원과 심법心法의 정밀함을 알게 되었다. 그리하여 나는 이 책을 신명神明처럼 믿었고, 이 책을 엄격한 아버지처럼 공경하였다…. 초학자가 공부할 것으로는 이 책보다 절실한 것이 또 없을 것이다"라고 밝혔다. 19살 때 숙부의 집에서 접하게 된 『성리대전』 가운데 주자가 주석한 주렴계의 「태극도설」을 통해 공부의 문과 길을 얻은 듯했다고 한 데 이어, 23세 때 빌려본 「심경」을 통해 학문적 깨달음은 곧 성장 과정을 보여준 것이다.

십여 년 뒤, 퇴계는 다시 한번 한성으로 상경해 성균관에 두 번째로 입관하게 된다. 이번에는 한 해 전에 치러진 향시(초시)에 급제하여 생원이나 진사들이 거처하는 상재에 머물렀다.

성균관의 학습 분위기는 십여 년 전과 조금도 다르지 않았다. 경건한 자세와 진중한 언행과는 거리가 멀었다.

이 무렵에 그가 지은 시문이다.

과거 공부는 낯설어 썼다가는 지우고

진편陳編(시경의 시) 쓸쓸히 읽는 소리만 부쳐 보내네

질문하면 한사코 웃음거리로 삼으려 드니

어찌 품은 재주 베풀어 볼 수가 있겠는가

이때에도 성균관에 입관한 생원이나 진사들은 하나같이 과거에 급제하여 벼슬길에 나가려는 의지로 가득했다. 퇴계 역시 그런 분위기와 다르지 않았다.

그러나 학문에 이미 깊이 빠져들어 과거 공부가 마음에 들어올 리 만무했다. 『시경詩經』의 진편(陳編)은 어두운 밤하늘에 뜬 밝은 달을 아름다운 사람에 비유하여 그리워하는 뜻을 담은 시였지만 퇴계는 보다 근원적인 것을 찾고자 했다.

하지만 동료 유생들은 오로지 과거에만 관심을 보일 뿐이었다. 어쩌다 근원을 찾고자 무슨 질문이라도 하게 되면 그저 우스갯소리로 희화화하기 일쑤였다.

이 같은 학습 분위기에 퇴계는 깊은 회의감에 빠져들었다. 비록 대과를 치러 벼슬길에 나아간다 한들 자신의 뜻을 온전히 펼칠 수 있을지 의문이 들었다.

십여 년 전과 다른 점도 없지만은 않았다. 33살이라는 적지 않은 나이 탓이런가. 퇴계의 경건한 자세와 진중한 언행에 대해 더는 희화화하진 않았다. 그를 가리켜 공자의 제자 안자晏子라고 일컬으며 모두가 존중하고 따라주었다.

무엇보다 하서河西 김인후를 만난 일은 뜻깊었다. 김인후는 뒷날 호남을 대표하는 큰 학자로 학문의 정통성을 역사에서 인정받으며 퇴계와 함께 문묘文廟에 배향된, 조선의 대표적인 선비다. 이때 김인후는 퇴계보다 열 살이나 어린 23세의 청년이었으나 두 사람은 진흙탕 속의 연꽃泥中蓮처럼 의연하게 서로를 채워주는 학우가 될 수 있었다. 김인후의 「연보」에도 두 사람의 관계가 적바림되어 있다.

성균관에 유학하여 퇴계 이 선생과 함께 강학하였다. 이때

는 기묘사화(1519)를 겪은 지 얼마 되지 않아서인지 선비의 기풍이 저상되었다. 선생이 퇴계를 한번 보자 서로 깊이 뜻이 맞았다. 도학을 깊이 강마하며 학우끼리 학문을 닦고 품성을 단련하는 여택麗澤의 도움이 매우 많았다. 얼마 안 되어 퇴계가 고향으로 돌아가게 되자, 선생이 시를 지어 증별贈別하였는데, " 선생은 영남의 수재로서 이백과 두자미의 문장이요, 왕희지와 조맹부의 글씨로다" 하였다….

김인후의 연보에서 보듯 퇴계는 이번에도 성균관에 오래 머물진 않았다. 그가 고향으로 돌아갈 때 김인후는 헤어짐이 아쉬워 퇴계에게 시문을 지어주었는데, 시문 중에 "이백과 두보의 문장에, 왕희지와 조맹부의 글씨라네" 라는 구절이 있다. 김인후는 퇴계의 문장을 대륙에서 시성詩聖으로 존숭받는 이백李白과 두보杜甫에 맞대어 비교하였으며, 글씨는 서성書聖으로 존경받는 왕희지王羲之와 조맹부趙孟頫에 견주어 칭송을 아끼지 않고 있다. 두 사람의 학문적 교류가 얼마나 깊었는가를 알 수 있다.

맑게 흐르는 물 두터운 대지를 꿰뚫고

퇴계는 24살이 되어서야 처음으로 과거에 응시했다. 하지만 주위의 기대에도 불구하고 성적이 좋지 못했다. 세 번 연속해서 낙방의 고배를 들었다. 이때 퇴계는 잇따라 낙방하였으나 의기소침해하진 않았다. 자신의 그런 심정을 수제자 김성일에게 말했다고 한다.

이윽고 4년 뒤인 27살 때 경상도 지방에서 치러지는 향시(1차 시험)에 처음으로 급제했다. 비교적 늦은 나이이긴 하였으나 향시 진사시進士試에서 장원, 생원시生員試에서 2등을 차지하며, 비로소 초시 명단에 자신의 이름을 올렸다. 생원과 진사가 되어 성균관에 입관할 수 있는 자격을 얻었지만, 필수가 아닌 선택 사항이었다. 하지만 향촌사회에선 초시에 급제하여 생원이나 진사만 되어도 흔히 양반으로 행세할 수 있었다.

28살이던 이듬해엔 복시(2차 시험)에서 2등으로 급제하며, 대과(3차 시험)까지 바라보았다. 하지만 아쉽게 물러나야 했다. 함께 공부했던 넷째 형만이 마침내 대과에 급제하면서 벼슬길에 나아갈 수 있었다. 퇴계 가문에 숙부에 이은 두 번째 과거 급제자가 탄생하게 된 것이다.

이후 퇴계는 한동안 과장에 모습을 드러내지 않았다. 과거를 포기한 듯이 보였다.

31살 때엔 고향 인근에 달팽이집蝸舍을 지었다. '지산 낭떠러지 기슭에 집을 지으니 형상이 마치 달팽이와 같다'고 한 보잘것없는 초가였다. 하지만 퇴계로서는 처음으로 자신의 서재를 가진 셈이다. 그곳에 책을 빼곡히 쌓아두고 독서 삼매경에 빠져들 수 있었다.

퇴계는 정녕 과거를 접고 만 것인가? 사실 그는 과거에 뜻도, 인연도 더는 남아 있지 않았다. 28살 때 과거의 복시에 급제한 이후 3년여가 지나도록 과거를 치르지 않았다. 잇따라 거듭된 낙방의 고배를 들면서 아예 과거를 단념한 것처럼 보였다.

그러자 죽음을 앞둔 늙은 어머니 박씨 부인이 움직였다. 노모가 나서 과장으로 갈 것을 눈물로 간곡히 호소했다.

결국 퇴계는 32살이 되어서야 다시금 과장에 모습을 드러냈다. 이 해엔 향시에서 2등으로 급제하는 데 그쳤다. 이듬해인 33살 땐 향시의 초시에서 장원급제한 데 이어 복시까지 거뜬히 급제하면서 성균관의 유생이 되었다. 23살 때 첫 유학에 이은 두 번째였다.

그러나 이번에도 성균관에 오래 머물지 않았다. 십여 년 전과 다르지 않은 학습 분위기에 그만 낙향하고 말았다.

당시 한성에서 안동으로 내려가는 길은 두 개였다. 첫 번째 길은 단양까지 가서 죽령을 넘어 남한강을 따라 안동까지 수로로 내려가는 길이고, 두 번째 길은 충주까지 가서 문경새재를 넘어 육로로 내려가는 길이었다.

퇴계는 낙향하는 길로 첫 번째와 두 번째 길을 교차했다. 고향 선배인 충재冲齋 권벌과 함께 기묘사화(1519)

때 파직되어 경기도 여주에 머물고 있던 모재慕齋 김안국을 찾아갔다.

김안국은 권벌과 동갑으로 정암靜庵 조광조의 문인이었다. 그가 경상도 관찰사일 때 안동을 순무하는 중이었는데(1517), 그때 안동 부사가 퇴계의 숙부였다. 숙부는 자신의 두 조카인 이해와 이황을 데리고 가 김안국의 강학을 듣게 한 적이 있다. 그때 김안국은 이해와 이황 형제를 보고 찬탄했다고 한다. 그로부터 16년이 흘러 33세의 젊은 학자로 성장한 퇴계가 58세의 김안국을 다시 찾은 것이다.

퇴계는 경기도 여주에서 김안국을 만나본 뒤 뱃길로 남한강을 따라 충주까지 갔다. 충주에서 육로로 문경새재를 넘어 예천을 지나 안동으로 낙향하는 길에, 선산의 금오산 자락에 자리한 야은冶隱 길재의 사당에 들르기도 했다. 다음은 길재의 사당을 지나며 퇴계가 남긴 시문이다.

아침 길에 지나는 낙동강

강물은 어찌 그리 쉼이 없는가

낮에 금오산을 바라보며 잠시 쉬어가니

산은 우뚝우뚝 수풀 울창하구나

맑게 흐르는 물은 두터운 대지를 꿰뚫었고

가파른 벼랑은 높은 하늘에 치솟으니

봉계鳳溪라는 이름난 마을이 이 산천에 있네

선생이 그 가운데 숨어 사셨으니

조정에서 정려를 세워 기리었도다

대의를 꺾일 줄 몰랐음이여

어찌 속세를 버렸다고만 말하랴

천 년 전 엄자릉嚴子陵의 기풍이

다시금 이 땅에 울렸도다

나라를 붙들기 이미 가망이 없었으나

절의를 온전하게 길이 세웠도다

장부는 큰 절개 귀하게 여겨야 함에도

평생 동안 이를 아는 사람 드물도다

아, 세상 사람들이여

높은 벼슬을 사랑하지 말 일이다

퇴계의 과거시험 답안지

퇴계는 이듬해인 34살 때 드디어 대과(1534)에 급제한다. 이른바 독학의 힘겨운 '학습기'를 끝내고 마침내 출사할 수 있었다. 비로소 자신의 뜻을 펼칠 수 있는 '출사기'에 들어선 것이다.

이때 퇴계의 머리에 마침내 어사화를 쓸 수 있게 한 과거의 책문(문제)은 '고금시가古今詩家'였다. 인간의 근본을 노래한 시인 두보와 도연명에 관하여 묻는 것이었다.

'무릇 선비는 천 년 뒤에 태어나 천 년 전으로 거슬러 올라가 어진 사람들을 두루 벗으로 삼는다. 과연 이 두 시인은 어떤 어진 사람인지 논술하라'는 책문이었다.

먼저 책문이다. 과거 책문의 전문을 옮겨보면 이렇다.

시는 『시경』의 3백 편이 있은 이후에 역대의 명가名家가 무려 천백에 달한다. 인간의 타고난 본성과 임금에게 충성하고 나라를 사랑하는 마음을 표현하여 그 근본을 잃지 않았던 자는 진나라의 도연명陶淵明이 있었고, 당나라에 두자미杜甫가 있었다. 그들의 심사와 출처는 다른 듯한데도 사람들은 그들의 시를 일컬어 임금에게 충성하고 나라를 사랑하는 마음에서 발현되었다고 하는 뜻은 무엇인가?

혹자는 "시가詩家에서 도연명을 평가하는 것이 공자 문하에서 백이伯夷를 평가하는 것과 같다"라고 하였다. 그렇다면 시를 집대성한 자는 누구란 말인가?

두보의 시를 논평하는 자는 "그의 시는 역사이며 육경六經이지만, 팔애시八哀詩 안에 엄무嚴武를 넣은 것은 사사로운 정에서 나온 것이다"라고 하였는데, 그 설을 들어본 적이 있는가?

당시唐詩를 폐단을 논평하는 자는 "「문선文選」을 숭상하는 것이 너무 지나쳐 집집마다 그 시를 내걸지 않은 곳이 없을 지경에 이르렀다"라고 하였다. 두보는 「문선」을 주로 읊지는 않았으나 그 역시 자제에게는 「문선」을 가르쳤다. 송대宋代에 이르러 황정견黃庭堅과 소식蘇軾과 같은 대가는 모두 두보를 높이 평가했으나 유독 구양수歐陽修는 두보보다는 한유韓愈를 높이 평가하면서 "두보의 시에는 세속의 기운이 있다"라고 하였으니 과연 어떤 면을 보고서 그렇게 평가한 것인가? 그것을 취사선택해서 옳고 그름을 말할 수 있겠는가? 선비는 천년 뒤에 태어나서 천 년 전으로 거슬러 올라가 옛날 어진 이를 벗으로 삼으니 여러 유생이 옛날로 거슬러 올라가 벗을 삼아 높이 평가하는 자는 과연 어떤 이인가? 바라건대, 그 설을 듣고자 한다.

이 같은 과거의 책문에 퇴계는 어떤 답안을 써내려갔을까? 그에게 마침내 어사화를 쓸 수 있게 한 대책(시험 답안)의 일부 붓질을 옮겨보면 이렇다.

주나라 시 이후 시로써 일가를 이룬 자가 얼마나 되는지 알 수 없습니다. 아울러 당과 송나라 이래 시로써 명망을 얻은 이를 숭상하여 논하는 자 또한 얼마나 되는 지 헤아릴 길이 없습니다. 그러나 숭상하여 논하는 설로서 그 사람의 시를 보면 이미 그 시학에서 반 이상을 생각할 수 있을 것입니다. 지금 과장의 집사 선생께서 책문을 내시어 특별히 시가 중 몇 사람의 일을 거론하시고, 여러 선비의 논평까지를 거론하시어 후학에게 물으셨습니다. 훌륭한 질문입니다. 비록 영민하지는 못하오나 감히 논설이 없다고 대답할 수 있겠습니까.

하여 가만히 생각해보건대, 시가 곧 도가 된다고 하는 것은 시가 곧 타고난 본성에 근본을 두고 언어로 표현하기 때문일 것입니다. 그러므로 행실이 돈후한 사람은 그 언사가 온화하며 바르고, 마음이 경박하고 조급한 사람은 그 언사가 실속 없이 겉만 화려합니다. 근본이 깊으면 말단 또한 무성하고, 체형이 크면 음성 역시 굉장합니다. 그 사람됨이 진실로 임금에게 충성스럽고 나라를 사랑하고 큰 절개가 있다면, 그것이 발현하여 시가 되는 것이 또한 어찌 여느 사람이 미칠 수 있는 영역이겠습니까? 이런 까닭에 한나라 이래 시사詩詞를 잘 짓는 사람이 적지 않았지만, 당시엔 번개처럼 빛나고 누대에 천둥처럼 진동할 수 있는 사람은 고작 한두 사람에 불과합니다.

…〈중략〉…

이제 밝은 물음에 따라 아뢰겠습니다. 진나라의 도연명은 하늘이 내려준 자질은 평평하며 넓고, 학문은 깊고 넓으며, 굳은 절개는 세속을 벗어난 표본으로서 두 왕조를 섬기지 않는 마음을 높였습니다. 그 빼어난 기풍과 훌륭한 절개는 여느 사람이 보아서는 헤아리지 못하는 것이었습니다. 그 시가詩歌 또한 맑고 깨끗하며, 욕심이 없고 한적하고, 아취가 있어 구절과 율조에는 뜻이 없는 듯하며, 말을 만드는 데에는 하늘이 이루어 놓은 것 같고, 뜻을 세우는 데에는 순박하고 예스러웠습니다. 그 시를 읽어서 느끼게 하는 건 속세의 먼지를 털어버리고, 만물 가운데 사물에 얽매이지 않고 홀로 서는 뜻이 드러나 있습니다. 이는 절의가 마음에 근본한 것이 두터운 까닭이니 일부러 그렇게 하지 않아도 언사가 그렇듯 절로 드러나는 것이 아니겠습니까?

…〈중략〉…

아, 시를 짓는 데 덕행에 근본하지 않으면 반드시 천박하고 경박한 폐단이 생기기 마련입니다. 이것은 예나 지금이나 몹시 한탄스러운 일이요, 세상 사람들이 욕하고 괴로워하는 것입니다. 시 3백 편에서 성인의 성정을 보고 큰 근본을 먼저 확립하지 못하면 아무리 그 문장의 표현을 빼어나고 아름답게 한다 할지라도 모두 찌꺼기에 불과할 따름입니다. 그러한즉 세상의 시를 공부하는 자가 어찌 임금에게 충성하고 나라를 사랑하는 것으로 근본을 삼지 않을 수가 있겠습니까.

집사 선생께서 또한 글의 말미에 "여러 유생이 옛날로 거슬러 올라가 벗을 삼아 높이 평가하는 자는 어떤 사람인가?"라고 하셨습니다. 더욱이 어리석은 저희에겐 감흥을 일으키게 하셨습니다. 저희는 다만 경학을 공부하는 여가에 잠시 또 시의 문호를 엿볼 뿐이어서 그 깊은 뜻을 미처 다 엿보지는 못하였습니다. 따라서 어찌 감히 선현의 높고 낮음을 논하여 취사선택할 수가 있겠습니까.

그러나 일찍이 회암(주자의 호)이 이르길 "시를 배울 때에는 모름지기 도류문중(도연명과 유종원의 문중)을 따라야 하니 진실로 도연명의 시를 공부하지 않을 수 없다"라고 하였습니다.

하지만 시를 배우는 법은 오히려 학문의 도와 다르지 않습니다. 그 옛날 맹자께서 학문을 논할 때 백이 · 이윤(은나라 재상)으로서 자처하지 않고 말씀하시길, 원하는 것은 공자를 공부하는 것이다 하였습니다.

그런즉 여러 유생이 마땅히 법으로 삼고 본받아 스승으로 우러러보아야 할 것은 곧 시단의 성인들일 것입니다. 이들을 버리고 또 누구를 본받을 수 있겠습니까? 만일 인품과 절의를 공경하고 그리워하여 시의 근본을 삼는 이라면 저희는 세 번 목욕재계한 뒤 세 번 가르침을 받는다 하더라도 겨를이 없을 것입니다. 그런즉 어찌 두 사람(두보와 도연명) 간에 선후를 매길 수가 있겠습니까? 삼가 대답합니다….

퇴계는 오로지 독학으로 공부했던 철저한 노력형이었다. 자율학습으로 공부의 길이 누구보다 지난하였지만 끝내 과거라는 관문을 통과해낸다. 비교적 늦은 나이인 34살 때(1534) 마침내 외교 문서의 문장 교정을 담당하는 승문원 권지부정자(종9품)라는 미관말직으로 벼슬길에 처음으로 오르게 되었다.

2장

퇴계가 되다

순탄치 못한 벼슬길

퇴계는 34살 때 마침내 과거에 급제하여(1534), 첫 벼슬로 승문원의 권지부정자(종9품)를 제수받는다. 승문원은 외교 문서를 맡아보던 관아다. 아울러 홍문관 · 사헌부 · 사간원 혹은 이조정랑 · 병조좌랑과 같은 청직과 요직으로 가는 길목이었다.

부정자(종9품)의 앞에 붙은 권지權知란 임시를 뜻하는 말이다. 어떤 벼슬을 맡기 전에 잠시 검증을 거치는 일종의 수습과 같은 제도다.

또 그런 권지는 으레 부서 상사와 선배 동료에게 먼저 부임 인사와 더불어 신고식을 치러야 했다. 이런 의식을 흔히 '신래침학新來侵虐', 곧 고참들이 나서 신참을 참기 어려울 만큼 괴롭히는 풍습이 거의 불문율처럼 내려오고 있었다. 이 같은 의식을 통해 젊은 신예의 콧대를 꺾어놓는 한편, 첫 출사인 만큼 단단히 한턱을 내라는 이른바 '신참 길들이기'였다. 이는 분명 잘못된 풍습이었으나 험난한 관직에 들어선다는 것을 상징하는 통과의례이기도 했다.

퇴계 역시 이 같은 신래침학의 통과의례를 혹독하게 치렀다. 하지만 그에 대한 직접적인 기록은 없다. 대신 율곡이 당한 신참 길들이에 대한 기록이 있어 유추해 볼 수 있다. 대사성(정3품)을 지낸 우성전禹性傳의 「언행록」에 다음과 같은 기록이 전해진다.

율곡이 승문원에 첫 출사하였을 때 선배들에게 공손하지 못하다 하여 파면되었다. 선생(퇴계)은 이 말을 전해 듣고 "신래침학은 과연 무리한 일이다. 그러나 이미 그럴 줄 알고서 벼슬길에 들어섰다면 어찌 혼자서만 면할 수 있겠는가. 이군(율곡)의 일은 무슨 연유인지는 모르겠으나, 다만 뒤에 오는 사람 가운데 혹 기가 센 사람이 있어서 선배를 거만하게 대하고 제멋대로 행동하려고 든다면 그것은 해괴한 일인 동시에 의리로서도 마땅한 일이 아니다"라고 하였다.

그러자 우성전이 "신래침학은 처음 어디서부터 나온 것입니까?"라고 물었더니 선생은 이렇게 답했다. "어디서 왔는지는 알 수 없으나, 오랑캐 풍습이 아니라면 필시 말세의 일일 것이다. 그렇듯 여러 가지로 희롱하고 업신여기며, 침노하고 괴롭히는 꼴은 말로 이루 다할 수 없다. …선후배가 서로 상대할 때의 예절이 국법에 따로 있거늘, 간혹 후배로서 선배를 경시하는 자가 있다면 그건 공론으로써 마땅히 규탄하는 것이 옳지 않겠는가…."

퇴계는 이처럼 신래침학의 의식을 별다른 충돌 없이 통과하면서 관직 생활을 시작했다. 그리고 이 시기 그의 생활을 엿볼 수 있게 하는 기록이 전해진다. 다음은 그의 제자 이덕홍이 『계산기선록』에 남긴 퇴계의 전언이다.

내가 과거에 급제한 뒤 한성에 있을 때였다. 매일같이 사람들이 모여들고 날마다 연회에 참석하는 통에 다른 일을 미처 할 겨를이 없었다. 그러던 어느 날 문득 부질없다는 생각이 들고, 저녁에 거처로 돌아와서 생각해보니 부끄러운 마음이 들지 않을 수 없었다. 그즈음에야 다시 그러한 마음이 사라졌고, 비로소 부끄러움을 면할 수 있게 되었으니, 공자가 '거처에 따라 기운이 변하고, 보양하기에 따라 체질이 변한다'고 가르친 것을 따르지 않을 수 없었다….

퇴계는 젊은 시절에 술을 많이 마셨다. 공자와 같이 끝없는 주량을 자랑했다. 다만 이성을 잃을 만큼은 아니었다고 한다.

더 뒷날의 얘기이긴 하지만, 그가 의정부 사인(정4품)으로 있을 때다. 어느 날 연회에 참석했는데, 어떤 아리따운 기생이 마음에 쏙 들었다.

하지만 그는 이내 도리질했다. '이런 탐욕이 결국 나를 죽일 것이다'며 마음을 고쳐먹었다고 한다.

아무렇든 퇴계는 승문원의 권지부정자로 벼슬길에 오른 이래 몇 달이 지나지 않아 자리를 옮겨 앉게 된다. 예문관의 검열과 춘추관의 기사관으로 승차(정9품)했다.

그러나 퇴계의 벼슬길은 처음부터 순탄치 못했다. 정권을 잡은 김안로가 돌연 가로막고 나선 것이다.

김안로는 안동에서 멀지 않은 영주 출신으로, 서로가 알만한 처지였다. 한데도 자신을 먼저 찾아와 인사 청탁을 하지 않았다며 퇴계를 완강히 배척하고 나섰다. 다음은 퇴계의 수제자 김성일의 기록이다.

과거에 급제한 지 몇 달이 지나지 않아 한림(예문관, 춘추관)으로 추천되었다. 그러나 이때 정권의 실세였던 김안로가 평소 선생을 곱지 않은 시선으로 보았는데 김안로의 당黨에 있는 대간들이 선생을 역적의 족속이다 하여 체직(뒤로 미룸)하였다. 그건 김안로가 영주 출신으로, 선생의 처가가 있는 곳 또한 같은 영주였기 때문에 자신을 찾아보길 원했다. 하지만 선생이 끝내 김안로를 찾아가질 않으면서 깊은 앙심을 품었기 때문이었다. 선생은 권질의 따님을 아내로 맞이했는데, 권질은 권전의 형이다. 권전이 중종 때 남곤과 심정을 죽일 것을 꾀하였다 하여 이에 연루되어 죽게 되었는데, 김안로는 이 일로 선생을 배척하였던 것이다….

하지만 김안로는 권세를 오래 부리지 못하고 실각했다. 외관직인 황주 목사로 밀려나 정권에서 멀어지자, 잠시 체직되었던 퇴계의 벼슬길 또한 풀리게 되었다. 승문원의 권지부정자로 출사한 첫 해에 홍문관 · 예문관 · 교서관 등 3관의 저작(정8품)에 이어, 성균관의 박사(정7품)로 일약 승차를 거듭했다.

같은 해(1534) 여름에는 휴가를 얻어 금의환향했다. 노모 박씨 부인은 감격의 눈물로 막내아들을 맞이했다.

가을에는 조정으로 돌아와 정시廷試에서 자신의 진가를 입증해보였다. 이미 과거에 급제하여 벼슬길에 오른 자를 다시 한데 불러 모아 임금 앞에서 치르는 정시에서 「문신기영회도文臣耆英會圖」를 읊은 십운十韻 시로 장원을 차지한 것이다.

피바람 부는 정치의 한복판에 서다

퇴계의 나이 37세 때(1537) 어머니인 박씨 부인이 세상을 떴다. 친상을 당했을 땐 관직을 사임하고 마땅히 상례를 치르는 것이 예법이었다.

물론 상복을 벗는 경우도 종종 있기는 했다. 국난과 같은 때엔 임금의 명에 따라 기복起復이라 해서 나랏일에 공직하는 예가 전혀 없었던 건 아니다.

퇴계는 속절없이 3년 동안의 시묘살이에 들어갔다. 묘소의 오두막에 거처하면서 자식을 낳을 수도 없고 남의 집을 방문할 수도 없었으며, 술을 마시거나 시문조차 지을 수 없었다.

시묘살이를 할 땐 지극한 효성으로 애모한 나머지 상

투째 빠져나가는 원형 탈모쯤은 흔히 있는 일이었다. 몸에 병이 들기도 일쑤였다. 퇴계 또한 '상효傷孝로 병을 얻어 거의 목숨을 잃을 뻔했다'는 기록이 전해진다.

일찍이 박씨 부인은 막내아들 퇴계의 성품을 보며, 작은 고을의 원님이 되길 소원했었다. 그 또한 참상관(종6품 이상의 관료)이 되었을 때 외직으로 나가 노모를 봉양할 것을 바랐었다. 하지만 이제 겨우 노모를 봉양할 수 있는 처지에 이르게 되었건만, 임종마저 지키고 못하고 말았으니 그의 탄식이 얼마나 깊었을지 알 수 있다.

3년여 동안의 시묘를 마친 퇴계는 홍문관 부수찬(종6품)으로 조정에 복귀한다. 이어 당일자로 수찬(정6품)으로 승차하여 경연經筵 검토관을 겸직케 되었다.

경연 검토관은 왕과 대신들이 한자리에 모여 경전과 사서史書를 진강하고 나랏일을 논평하는 주요 내용을 선별하여 기재하는 직책이었다. 당대의 빼어난 학자와 문인이 맡았으며, 그의 관직 생활에서 가장 보람찬 벼슬이기도 했다.

이후 퇴계는 승차하여 사헌부 지평(정5품) → 형조정

랑 → 승문원 교리 → 홍문관 부교리 → 경연 시독관을 거쳐, 41세 때에는 다시금 사헌부 지평) → 홍문관 수찬, 42세 때엔 같은 품계의 홍문관 교리 → 의정부 검상을 거쳤다.

이때 암행어사로 어명을 받고 충청도 여러 지역을 돌며 실정을 살피기도 했다. 가는 지역마다 산마루에서 물가에 이르기까지 몸을 아끼지 않고 두루 다니면서, 고을 수령의 성실함과 허위를 탐지하고 백성들의 숨은 고통을 알아내어 임금께 복명했다. 그때 전의현全義縣(지금의 연기군) 남쪽 어느 산골에서 굶주린 백성들의 참상을 목격하고 지은 시문이 전한다.

허물어진 가옥 남루한 옷차림에 얼굴은 누렇게 떴다
관청의 곳간은 텅 비어 채소마저 찾아보기 힘들구나
사방 주위의 산마다 꽃가지 비단처럼 피었으나
춘신春神은 어찌 백성들의 굶주림을 알리오

퇴계는 충청도에서 돌아와 임금께 복명하면서 일상

의 경비를 절감해서라도 저축을 해둬야만 국난에 대처할 수 있음을 역설했다. 아울러 패악스럽고 부정부패에 빠진 공주 판관(종5품) 인귀손의 탐오를 지적하여 그의 죄를 다스리게 했다.

43세 때에는 승차해서 사헌부 장령(정4품) → 성균관 사예 → 승문원 교감을 거쳤고 다시 승차해서 성균관 사성(종3품)을 지냈다. 44세 때에는 홍문관 교리 → 성균관 직강 → 종친부 전첨 등을 지냈다. 그는 이처럼 청직과 요직을 두루 거쳤다.

45세 때는 그야말로 격동의 한 해였다. 중종이 재위 39년에 승하하고 인종(12대)이 즉위했다.

이 같은 혼란한 시기에 조정엔 또 다른 세력이 전격적으로 등장했다. 중종의 외척인 윤원로와 윤원형 형제였다. 두 형제의 등장으로 조정은 조선 초 이래 훈구파와 사림파에 이은 훈신과 척신으로, 다시 척신 세력이 대윤大尹과 소윤小尹 정파로 양분된 대결장으로 바람 잘 날이 없었다.

이 같은 정치 대결은 퇴계가 현실정치의 자체를 혐오

하게 만들었다. 이 시기에 접어들면서 그가 임용과 사직을 거듭한 것 또한 그 같은 현실정치에서 벗어나고자 하는 고육지책이었다. 퇴계가 43세 때 성균관 사성(종3품)에 제수되자 성묘를 이유로 고향으로 내려가 조정으로 돌아오지 않고 학문에 전념하고자 했던 것도 딴은 목숨을 부지하고자 했던 이유다. 훈신과 척신이 장악한 조정에서 사림인 자신에게 언제 어떻게 화살이 날아들지 알 수 없었던 것이다.

그나마 인종의 즉위는 사림을 비롯한 퇴계에게 실낱 같은 희망이었다. 이는 인종이 사림을 지지하고 중용한 까닭이다.

하지만 인종이 선왕인 중종의 국상조차 마치지 못한 채 재위 8개월 만에 갑작스레 승하하고 만다. 이복동생인 명종(13대)이 12세의 어린 나이로 왕위에 오른다.

그러자 중종의 계비요, 명종의 생모인 문정왕후가 수렴청정에 들어갔다. 문정왕후의 동생인 소윤 정파의 윤원형이 권력의 전면에 나섰다. 명종의 외숙부이기도 한 그는, 대윤 정파의 윤임과 손잡고 사림파의 개혁정책에 일대 반기를 들었다. 명종 즉위년(1545)에 이른바 을사사화를 일으켜 또 다시 사림을 제거하는 피바람이 불게 된 것이다.

이때 퇴계는 통례원 상례(종3품)에 제수되었으나 병으로 사임하면서 다행히 목숨을 건질 수 있었다. 현실정치에서 한발 물러나 고향에 머물고 있었기 때문이다.

하지만 당장 어명에 따라야 했다. 국상 중인 중종의 능지陵誌를 지어 올리지 않으면 안 되었다. 또 국상 때에는 대축大祝의 직책으로 참여하는 한편, 국상에서 상복제도를 논의한 국휼복제의國恤服制議를 올려야 했다.

이때에도 퇴계는 내섬시 첨정(종4품), 군자감 첨정, 홍문관 응교(정4품), 홍문관 전한(종3품) 등에 잇따라 제수되었다. 하지만 벼슬을 내려놓고 초야에 은거하거나 조정에서 벗어나 지방의 수령으로 나갈 결심을 하고 있던 터라 사직소를 반복해서 올리며 응하지 않았다.

그러나 조정이 황망한 가운데 어린 명종이 즉위하면서 당장 일본과의 외교 문제를 처리해야 했다. 당시 조선 왕조는 삼포왜란(중종 5년) 이후 일본과의 교류를 일체

단절해왔다. 그러자 일본이 다시 사신을 보내와 통교를 요청해온 터였다.

퇴계는 그 사신을 물리치지 말고 일본과의 강화를 허가하도록 청하는 상소를 올렸다. 이어 홍문관의 동료들과 함께 소윤 정파의 윤원로를 처벌할 것을 주청하는 상소문을 올리기도 하였으나 명종으로부터 윤허를 얻어내지는 못했다.

이 무렵 퇴계는 홍문관 전한으로 다시 제수되었으나 을사사화를 주도하면서 권력을 쥔 이기李芑의 상소로 관직을 삭탈당했다. 하지만 명종에 의해 사복시 정正(정3품)으로 다시 제수된 데 이어, 중국 사신을 맞이하는 영접도감의 낭청郎廳에 임명되면서 을사사화의 피바람을 힘겹게 비켜갈 수 있었다.

47세 땐 다시 홍문관 응교(정4품)로 부름을 받아, 2년여 만에 조정으로 복귀했다. 하지만 조정은 여전히 혼돈을 겪고 있었다. 그가 복귀하자마자 '양재역 벽서壁書의 변고'가 발생했다. 소윤 정파의 윤원형 일당이 을사사화 이후 잔존한 정적과 사림을 마저 제거하기 위해 정미사화

(1547)를 일으킨 것이다. 정미사화로 대윤의 잔당으로 지목된 송인수 · 이약빙 등을 비롯해서 100여 명이 죽거나 유배되었다. 을사사화 때 울진에 유배되었던 봉성군(중종의 다섯째 왕자) 또한 죽음을 피해가지 못했다.

퇴계는 정미사화를 지켜보면서 자신이 정치 풍파의 한복판으로 잘못 복귀한 것을 깨달았다. 병을 빌미로 즉시 물러나고자 하였으나 받아들여지지 않았다. 겨우 휴직을 명받아 겨울 내내 대문 바깥에조차 나가지 않았다.

세밑에 다시 병으로 사직을 청했으나, 의빈부 경력(종4품)에 제수되었다. 거듭 사직을 요청했지만 받아들여지지 않았다. 조정을 벗어나 지방 수령으로 나가고자 발버둥쳤지만 여의치 못했다.

결국 이듬해에 단양 군수(종4품)로 제수되었다. 이어 이상한 소문이 뒤따라 들렸다. 진복창陳復昌이 자신을 찾아오지 않는다며 퇴계에게 원망을 품고 있다는 소문이었다. 당시 진복창은 소인 윤원형의 심복으로 정권의 실세로 불리던 자였다.

퇴계의 친구인 민기閔箕가 그런 사정을 살피고 찾아

왔다. 진복창의 집에 한번 들리도록 등을 떠밀어 부득이 찾아갔다.

진복창은 퇴계의 방문을 반갑게 맞이했다. 그가 자신을 조정에 붙잡아두고 싶다는 얘기를 듣고는, 다음 날 곧바로 한성을 떠나 임지인 단양으로 향하고 말았다. 진복창이 조정에 요청했으나 퇴계가 이미 단양으로 떠난 뒤라서 명종이 외직에 나가는 것을 윤허하였다. 하마터면 조정을 떠나 외직에 나가는 것조차 무산될 뻔했다.

50세가 되자 그토록 나가고자 했던 외직에 대한 미련마저 끝내 버리고 만다. 단양에 이어 풍기 군수로 있던 퇴계는 이윽고 사직의 뜻을 밝힌 뒤 결연히 임지를 떠나버렸다. 조정을 떠난 외직 부임도 아닌, 마침내 귀향을 결단한다. 관직보다는 정신에, 현실보다는 이상에 가치를 둔, 고향에 은거하며 제자들을 길러내는 은거강학으로 생각이 옮겨가기에 이르렀다.

한데 같은 해(1550) 여름, 넷째 형이 귀양길에서 돌연 별세했다는 청천벽력과도 같은 비보를 전해 들었다. 자신보다 한 해 앞서 과거에 급제하여, 한성부 부윤(종2품)

으로 있던 중 그만 '유신維新 사건'이라는 정쟁에 휘말려 들어 변을 당하고 만 것이다.

'유신 사건'은 사림을 지지하고 중용했던 인종 연간에 대사헌(종2품) 이해의 탄핵 상소로 시작되었다. 당시 권신의 실력자였던 우의정(정1품) 이기를 파직시켜 조정에 새로운 기풍을 조성해냈다.

하지만 인종이 재위 8개월 만에 갑작스레 승하하고 명종이 즉위하자, 다시금 소윤이 득세하기에 이르렀다. 이기는 자신의 심복인 사간(종3품) 이무강으로 하여금 한성부 부윤 이해의 청죄를 주장하면서 죄를 뒤집어씌웠다. 넷째 형은 곤장을 죽도록 맞고 갑산으로 귀양 가는 길에, 양주에 이르러 장독杖毒으로 병사하고 말았다.

퇴계 집안의 환란이었다. 가장 가까웠던 형을 잃은 슬픔은 말할 수 없이 컸다.

퇴계가 그렇듯 벼슬에 환멸을 느꼈던 건, 잇따른 사화로 말미암아 수많은 사림이 죽어나가는 비상식적인 현실 정치의 실상을 목격하면서부터였다. 그때부터 조정을 떠나 은거강학의 길을 심각하게 모색하였다. 또한, 넷째 형의 비극은 자신의 그런 뜻을 더욱 확고히 다지는 계기가 되었다.

한강의 나루터에서 만조백관과 작별하다

퇴계가 당상관(정3품 이상)에 오른 것은 52세 때였다. 같은 해(1552) 여름에는 성균관 대사성이 되었다. 이후 당상관인 상호군을 거쳐 형조참의, 병조참의, 첨지중추부사를 역임하였으나, 사직서를 세 번이나 올린 뒤에야 해직되어 55세에 귀향할 수 있었다.

고향으로 돌아온 퇴계는 이후 저술 작업에 들어갔다. 회심의 편저인 『주자서절요朱子書節要』를 비롯하여 『향약鄕約 입조서』 등을 지었다.

57세 땐 도산陶山의 남쪽에 서당을 지을 터를 잡았다. 일찍이 제자들이 정사精舍 건립을 요구하였으나 좀처럼 허락하지 않다가 결국 승낙했다. 이어 퇴계는 '도산잡영陶山雜詠'을 지었다. 서당을 짓기 시작하는 자신의 마음가짐을 엿볼 수 있게 하는 산문이다.

영지산 한 줄기가 동쪽으로 뻗어 나와 도산陶山이 되었다. 어떤 이는 "이 산이 두 번 이루어졌기 때문에 도산이라 불렀다" 하고, 또 어떤 이는 "옛날 이 산속에 도기굴陶窯이 있어 그 사실에 따라 도산이라 한다"라고 하였다… .

산 뒤에 있는 물을 퇴계退溪라 하고, 산 남쪽에 있는 것을 낙천洛川이라 일컫는다. 퇴계는 산 북쪽을 돌아 낙천에 이르러 산 동쪽으로 흐르고, 낙천은 동쪽에서 나와 서쪽의 산기슭 아래에 이르러 넓어지고 깊어졌다… .

처음에 내가 퇴계 위에 자리를 잡고, 시내 옆에 두어 간 되는 집을 얽어지은 뒤, 책을 간직하고 옹졸한 성품을 기르는 처소로 삼으려 하였더니 벌써 세 번이나 그 자리를 옮겼음에도 번번이 비바람에 허물어지고 말았다. 더욱이 시내 위가 너무 한적해서 가슴을 넓히기에 적당하지 않기 때문에 다시 옮기기로 작정하고 산의 남쪽에 땅을 마련한 것이었다… .

정사년에서 신유년에 이르기까지 5년여 만에 당사堂舍 두

채가 지어졌다. 이제 겨우 거처할 만하였다.

당사는 세 칸인데, 중간 한 간은 완락재玩樂齋라 하였으니 그것은 주朱 선생의 「명당실기」에서 "완상하여 즐기니 족히 여기서 평생토록 지내도 싫지 않겠다"라고 하는 말에서 따온 것이다.

동쪽 한 칸은 암서헌巖棲軒이라 하였으니 그 또한 주 선생의 운곡雲谷 시에서, "(학문에 대한) 자신을 오래도록 가지지 못했더니 바위에 깃들여 작은 효험이라도 바란다"라는 말에서 따온 것이다.

그리고 이 모두를 합하여 '도산서당'이라고 현판을 써 달았다….

도산서당은 퇴계가 예순이 되던 해(1560)에 완공되어 낙성식을 진행했다. 그러나 자신의 바람은 끝내 이뤄지지 않았다. 도산서당에 은거하며 제자들에게 강학하고, 저술 작업에만 전념할 수 없었다. 임금이 부름을 차마 뿌리칠 수 없었던 것이다.

같은 해 세밑에 공조참판(종2품)으로 제수되었다. 당

장 상경하지 않으면 안 되었다. 다행히 사직 상소를 올린 뒤, 이듬해 2월 간신히 휴직을 윤허받아 귀향할 수 있었다. 이때 올린 사직 상소가 '무오사직소戊午辭職疏'다.

신이 듣자오니 옛적에 선왕께서 사람을 씀에 있어서, 재능을 헤아려 책임을 맡겨 큰 사람은 크게 쓰고 작은 사람은 작게 쓰며, 크고 작은 것이 다 합당하지 않으면 물리친다 하였습니다. 혹 불행하게 사람을 잘못 알고서 그를 썼더라도, 선비 된 자가 그 재능으로 감당해 낼 수 없음을 스스로 알고 사양하여 물러날 것을 청하면, 반드시 그 청을 그대로 들어주었다 하옵니다….

신이 비록 무식하오나 어려서부터 임금 섬기는 도는 익히 들었사오니 '불사가不俟駕(임금이 부르면 급히 감)'가 임금께 공경을 다하는 일인 줄 어찌 모르겠나이까. 하온데 한 모퉁이를 고수하여 뭇 사람이 비난하고 의심하는 속에서도 물러갈 뜻을 변치 않는 것은, 그 나아감이 임금 섬기는 의리에 크게 어긋나지 않을까 두려워하기 때문입니다…. 한데도 어리석음을 속이고서 벼슬자리를 도적질하는 것이 마땅한 것이옵니까.

병든 몸으로 일도 못하면서 녹만 타먹는 것이 마땅한 것이옵니까. 허황된 이명으로 세상 사람을 속이는 것이 마땅한 것이옵니까. 나아가서는 안 될 것을 알면서 덮어놓고 나아가는 것이 마땅한 것이옵니까….

엎드려 바라옵건대 신의 어리석음을 살피시고, 신의 병든 몸을 가긍히 여기시어 전리田里**에 물러가 있게 하여 주시옵소서….**

퇴계는 왜 이토록 출사를 한사코 마다했던 것일까? 피비린내 나는 을사사화 이후 벼슬살이에 대해 깊은 회의가 들었기 때문이지만, 명종 또한 그때의 사화를 후회하며 당대의 집권당인 윤당尹黨을 모두 숙청한 터였다. 사림 등용에 한창 힘쓰고 있는 명종을 위해서라도 마땅히 출사해야 할 때였다. 때문에 당시 홍문관 교리(정5품)로 있던 고봉高峰 기대승은 스승인 퇴계에게 편지를 띄운다. 퇴계의 '출처대의出處大義'가 의심스럽다며 그 연유를 정중히 물은 것이다. 다음은 이에 대한 퇴계의 답서다.

나의 처신은 참으로 어렵네. 왜냐하면 첫째는 내가 크게 어리석은 탓이고, 둘째는 병이 몹시 급하며, 셋째는 허명만을 내었을 뿐이며, 넷째는 그릇되게 임금의 은총만을 받아왔네. 이 네 가지가 한 몸에 몰려 서로 모순되고 방해되니 옛사람을 비춰보아도 나처럼 어리석은 사람이 없었고, 지금 사람에 견줘보아도 나처럼 병이 급한 이가 없었네….

옛 군자는 진퇴의 명분에 밝아서 조금도 함부로 하지를 않았다지만. 맡은 직책을 조금이라도 다하지 못하면 반드시 몸을 일으켜 자리에서 떠나는 법일세. 임금 사랑하는 정리情理로야 차마 못할 일인 줄 알건만, 그러나 이 때문에 물러감을 그만두지 않는 것은 또한 그 의리에 있어서 몸을 그대로 둘 수 없으니 반드시 그 몸을 물러나게 해야 의리에 따르는 것이 되지 않겠는가. 이런 때를 당하여 차마 못하는 정리가 있다 하더라도 의리에 굴하지 않을 수가 없네….

하지만 66세 때 왕의 부름이 다시 있었다. 동지중추부사(종2품)에 제수되었다. 퇴계는 사직 상소를 올렸으나 허락되지 않았다. 마지못해 상경길에 올랐다.

중도에 병으로 지체하자, 임금은 어의까지 내려 보내 진료케 했다. 천천히 조섭하면서 상경하라는 유지마저 이어졌다.

같은 해 연이어 공조판서(정2품), 홍문관 대제학(정2품)에 제수되었다. 퇴계는 모두 사퇴했다. 이는 순전히 자신의 엄격한 도덕성에 따른 결정이었다.

명종은 한숨지었다. 독서당(휴가를 주어 학업을 닦는 곳)의 젊은 관료들에게 '어진 이는 불러도 와주지 않는구나'라는 제목으로 시문을 짓게 했다. 또한 송인宋寅을 시켜 퇴계가 머물고 있는 안동의 도산서당과 주변의 산천을 모두 그리게 한 뒤, 시문을 넣고 병풍으로 만들게 해서 왕의 침소에 펼쳐두게 했다.

이듬해(1567)엔 퇴계도 외면치 못했다. 명나라 조사詔使를 접빈하기 위해선 그와 같은 원로 학자가 있어야 한다는 조정의 계청을 받아들였다. 퇴계는 67세의 노구를 이끌고 상경해야 했다.

한데 명종이 갑작스레 승하했다. 퇴계는 명종의 행장을 지어야 했다. 예조판서에 제수되었으나, 인산因山(임금의 장례)도 보지 않은 채 귀향하고 말았다.

다음 해(1568)인 68세 때 퇴계는 또다시 상경 길에 올라야 했다. 생애 마지막 상경 길이었다. 새 임금으로 16세의 어린 선조(14대)가 등극하면서 이조 판서에 다시 제수되었기 때문이다.

정권은 이미 사림파 쪽으로 넘어온 뒤였으며, 조야의 중망이 모두 퇴계에게 쏠렸다. 조정은 이미 퇴계의 제자들로 온통 채워져 있었다. 박순, 허엽, 유성룡, 이산해, 윤두수, 우성전, 김성일, 정구, 김우옹, 김우굉, 남언경, 이호민, 허봉, 유희춘, 기대승 등 탁월한 인재들이 즐비했다. 바야흐로 '퇴계학단'의 정권이라 불러도 손색이 없었다. 어린 임금 또한 퇴계를 중용하여 사부師傅로 삼고자 했다.

퇴계는 결심을 굳힌 뒤였다. 한성에 짧게 머무는 동안 당대의 정치 상황에 대한 해법을 담은 「무진육조소戊辰六條疏」와 임금의 마음가짐을 설명하는 『성학십도聖學十圖』를 연이어 지어올린 뒤, 향리로 홀연히 발걸음을 돌렸다. 자신의 시대는 이미 지나갔으며, 이제부터는 후진들이 이끌어야 한다는 것을 알았기 때문이다. 그의 이상은 남은 정치에서가 아니라 만년의 교육에 있음을 절감하고 있었던 까닭에서다.

결국 어린 왕을 하직하고서 한강을 건넜다. 이날 한강의 나루터에는 보기 드물게 만조백관이 모두 나와 전별했다. 큰 선비와의 마지막 작별을 못내 아쉬워했다.

3장

퇴계를 애타게 찾은 율곡

퇴계와 율곡의 첫 만남

퇴계와 율곡은 동시대의 인물이 아니다. 둘의 나이 차가 35살이나 되었던 만큼 퇴계는 율곡보다 앞선 시대를 살았던 인물이다.

그럼에도 두 사람은 이미 소문을 들어 상대를 익히 알고 있었다. 율곡은 13살 때 과거 초시에 급제하면서 이미 천재라는 소리가 조선 천지에 자자한 터였다. 퇴계 또한 예조판서(정2품)에 올랐다 겨우 한 달여 만에 벼슬을 내어놓고 낙향하였으나, 수많은 젊은 사대부가 큰 선비에게서 학문을 배우고자 안동의 도산서당으로 몰려들고 있었다.

아무렇든 1558년 2월, 겨우내 들판은 얼어붙어 추웠다. 텅 비어 눈길이 가는 곳마다 그저 황량할 따름이었다. 그런 들판 위에 때 이른 봄비가 추적추적 내리던 날이었다.

23살의 젊은 율곡이 벼슬에서 물러난, 58살의 학문 높은 큰 선비 퇴계를 무턱대고 찾아갔다. 그때 율곡은 한 해 전에 성주 목사(정3품) 노경린의 딸에게 장가를 들어 성주에 머물고 있었다. 해가 바뀌자 외가가 있는 강릉으로 돌아가는 길이었는데, 사전에 아무런 예고도 없이 안동의 도산서당으로 찾아가 퇴계를 만났다. 퇴율의 첫 만남이 이루어진 것이다.

한데 추적추적 내리던 때아닌 봄비가 좀체 그칠 줄 몰랐다. 갈 길이 먼 젊은 나그네의 발걸음을 꼼짝없이 사흘 동안이나 붙들었다.

이때 두 사람의 분위기는 어땠을까? 젊은 천재와 벼슬에서 물러난 큰 선비와의 만남은 아무래도 부조화처럼 보이기만 하다.

한데 둘은 비교적 우호적이었다. 속절없이 사흘이나 머무는 동안 서로에게 찰떡이었다. 이야기도 함빡 나누었던 것으로 보인다.

우선 율곡은 벼슬에서 물러난 큰 선비 퇴계가 공자와 주자로 이어지는 도학(성리학)의 정통을 계승하였다는 송찬을 아끼지 않았을 터이고, 퇴계 역시 지금껏 보지 못한 젊은 율곡의 뛰어난 재기를 새삼 인정할 수밖에 없었다. 당시 두 사람의 분위기를 유추해볼 수 있는 몇 가지 시문이 남아 있다. 먼저 율곡이 퇴계에게 5언시를 지어 바쳤다.

시냇물은 수사로부터 갈라져 흐르고
산봉우리는 무이산처럼 빼어나 아름답네
집안 산림이라고는 오래된 책 천여 권뿐
벼슬에서 물러나 앉은 곳은 몇 칸의 집
그러나 마음속은 환하게 떠오른 달
미소 머금은 말씀은 거친 파도를 그치게 하네
어린 제가 도를 듣고자 하오니
반나절 한가로움 훔친다고 마소서

율곡의 5언시는 매우 정중해 보인다. 비록 퇴계가 벼슬을 내려놓고 향리로 물러나 학문에 정진하고 있으나, 성현에 버금가는 큰 선비로서 수많은 젊은 사대부에게 영향을 미친다고 높이고 있다. 그러면서 자신 역시 높은 학문을 배우고자 한다며, 굳이 성가시다 물리치지 마시라고 한껏 자신을 낮추고 있다.

그러자 퇴계가 응답했다. 젊은 율곡이 바치는 시에 곧장 7언시로 답한 것이다.

병든 몸은 여기에 갇혀 봄인 줄도 몰랐는데
그대가 와서 내 정신을 활짝 열어 깨웠소
명성 높은 곳에 헛된 선비 없음을 비로소 알았으니
지난날 몸 다스리는 공부 게을렀음이 못내 부끄럽소
좋은 곡식은 돌피에 섞여 화려함을 뽐내지 않으며
말끔하게 닦여 깨끗한 거울은 떠도는 먼지를 허락지 않는다오
감정에 지나친 시어는 모름지기 깎아내어 버리고
애써 노력을 다해 날로 학문에 가까이 다가갑시다

이처럼 퇴계 또한 율곡을 반갑게 맞이하고 있다. 자신

이 활짝 깨어났다고 말한다. 재기발랄한 젊은 율곡이 문득 찾아주어 신선한 자극을 받았노라고 기뻐했다. 하지만 자신이 처사라는 송찬을 받을만한 정도는 아니라며 유연한 자세를 잊지 않는다. 더불어 젊은 율곡에게 감정에 치우치는 시작詩作에 빠지지말고 애써 성리학에 힘쓰라는 충고도 아끼지 않고 있다.

퇴계가 이같이 율곡에게 감정에 치우치는 시작을 멀리하라고 충고했다는 사실은 훗날 퇴계의 편지에서도 다시 확인되고 있다. 퇴계는 젊은 율곡을 만난 사실이 퍽이나 인상 깊었던지 뒷날 자신의 제자인 조목趙穆에게 짤막한 소회를 밝힌 편지를 써 보냈다.

며칠 전 한양에 사는 율곡이 성주에서 나를 찾아왔었네. 비 때문에 사흘을 머물다 갔는데, 사람됨이 활달하고 총명하였네. 실로 많은 것을 읽고 기억하는 데다, 자못 성리학에 뜻을 두고 있었네. 후생가외後生可畏**(뒷사람을 두려워할 만하다)라는 성인의 말씀이 진실로 나를 속이지 않았던 것 같네. 나는 일찍이 그가 문장의 아름다움을 너무나 숭상한다는 소문을 들어**

알고 있었지만, 미문에 치우쳐 시작을 해서는 안 된다고 굳이 겉으로 지적하지는 않았네. 그런데 떠나던 날 아침에 때마침 가는 눈발이 내려 시험 삼아 시작해보길 원했더니, 옛날 진나라 사람 원호袁虎가 잠시 기다리는 동안에 글을 지어냈던 것처럼 즉석에서 시 두어 편을 지어내더군. 시는 그 사람보다 결코 낫다고 할 수는 없겠으나 역시 볼만은 하였네….

큰 선비 퇴계와 젊은 율곡이 시문을 주고받으며 서로의 인물됨만을 시험해본 건 아니었다. 시간이 점차 흐르고 낯이 차츰 익어가면서, 도산서당의 아름다운 풍광 속에 빠져 보다 더 가까워져갔다. 밤이면 술잔을 기울이며 허물없이 친밀해졌다. 당시 퇴계가 율곡과의 만남을 얼마나 기쁘게 생각하였는가는 이때 지은 시 삼수를 보아도 알 수 있다.

젊은 나이임에도 명성 높은 그대는 한양에 살고
나이 들어 병 많은 나는 시골에 사니
이렇게 홀연히 찾아올 줄 내 어찌 알았으랴

머무르며 늦도록 그윽한 회포를 허물없이 나누어보세

재주 많은 그대를 이른 봄에 반갑게 만나
사흘을 붙잡으면서까지 마음 서로 통하는 듯
비는 은빛으로 개울 아래까지 거세게 쏟아지고
흰 눈은 구슬 꽃을 피워 나뭇가지를 싸안았네

말은 진창길에 빠져 오도 가도 못한다지만
맑은 날씨를 부르는 새소리에 문득 풍경이 새롭네
한잔 술 다시 권하는 나를 어찌 경망스럽다 하오리
이로써 나이를 잊고 더욱 친밀해질 수 있는 것을

율곡 또한 다르지 않았다. 훗날 퇴계를 처음 만났을 때의 감동을 잊지 못해 「쇄언瑣言」, 곧 자질구레한 기록으로 따로 남기고 있다. 이 기록을 통해 퇴계와 시문도 주고받았으며, '사호四皓의 출처'에 대해서도 깊은 이야기를 주고받았음을 밝히고 있다.

사호란 중국 한나라 고조 때 상산商山에 숨어 살았다

는 4명의 원로를 뜻한다. 사호에 대한 고사는 사마천의『사기』「유후세가」편에 전하는데, 율곡은 이 고사를 읽고 벼슬에 나아가는 태도, 다시 말해 출처의 의리에 대해 생각이 다소 복잡했던 모양이다. 사호를 일컬어 한나라 때의 은자라고 칭송했으나, 율곡의 생각은 좀 달랐던 것이다. 그들이 상산에 숨어 산 것은 고조가 선비를 업신여기는 것을 보고 단지 자기 한 몸을 피했을 따름이라고 보았다. 큰 뜻을 좇아 나아가고 물러가는 선비의 도의에 따라 자신의 때를 기다렸던, 은나라의 이윤伊尹이나 주나라의 태공太公과 같은 경우와는 사뭇 다르다고 생각했다. 더구나 예물을 받고서 태자를 추대하는 데 참여키로 한 것은 절개를 목숨처럼 여기는 선비의 처신으로 보기에 부끄러운 일이라고 판단했다.

그럼에도 율곡은 자신의 생각을 좀처럼 드러내진 않았었다. 은자로 칭송받고 있는 한나라의 사호를 어느 누구도 비판하고 있지 않았기 때문이다.

그러다 큰 선비 퇴계를 만나 의기가 투합하자 자신의 생각을 스스럼없이 털어놓았다. 퇴계의 의중을 듣고자 한 것이다.

한데 한나라 사호에 대한 퇴계의 생각 또한 놀랍게도 율곡과 똑같았다. 퇴계 역시 율곡과 마찬가지로 은자로서 의문을 나타냈다. 율곡은 비로소 자신의 생각이 결코 도리에 어긋나지 않았음을 확신케 되었다.

더 뒷날의 이야기이긴 하지만, 율곡은 『성리대전性理大典』을 읽어나가다 주자가 사호에 대해 언급하고 있는 부분에 그만 눈길이 딱 꽂혔다. 주자는 사호에 대해 '그들은 유자儒者가 아닌 듯하며, 다만 지모智謀에 밝은 선비였다'는 평가 내용을 보고선 자신과 퇴계의 생각이 옳았음을 다시 한번 확신하게 되었다고 「쇄언」에 적고 있다.

이처럼 큰 선비 퇴계와 젊은 율곡은 첫 만남에서부터 이미 서로의 존재를 인상 깊게 확인할 수 있었다. 자신의 속내를 밝히는 여러 시문을 지어 남겼음은 물론 수많은 이야기들을 밤늦도록 주고받았다.

그중에는 더욱 예민한 부분이랄 수 있는 학문(성리학)의 논제 또한 빠지지 않았다. 첫 만남 이후 퇴계가 율곡을 평가하면서 "학문에 자못 뜻을 두고 있다"라고 한 것도 딴은 그 같은 토론 끝에 내린 결론이었을 것으로 여겨진다.

이렇듯 율곡은 안동의 도산서당으로 퇴계를 찾아가 사흘 동안 머물렀다. 때 이른 봄비가 가는 눈발로 바뀌던 나흘째 되던 날 아침에야 다시금 길을 나섰다. 퇴계에게 작별을 고한 뒤 외가가 있는 강릉으로 향했다.

그러나 둘의 인연은 결코 거기서 끝나지 않았다. 아쉬운 마음을 뒤로 한 뒤 헤어지긴 하였으나, 이후로도 편지를 서로 주고받으며 인연을 계속 이어나가게 된다.

퇴계와 율곡이 주고받은 편지

율곡은 안동의 도산서원을 떠나 외가가 있는 강릉에 도착하자마자 곧바로 붓을 들어 퇴계에게 편지를 띄웠다. 무사히 도착하였음을 알림과 동시에 자신의 근황도 함께 전했다. 특히 사호에 관한 자신의 생각을 시문 삼수로 지어 남겼는데, 편지를 보내면서 이 시문 삼수도 함께 보냈다.

우 임금의 태평성세 이미 아득하니 다시금 무얼 구하리오
상산에서 한 번 나오니 이 또한 부질없는 노릇이오
아서라, 황제는 큰 도량을 헛되이 부렸구나
어진 이를 얻고도 건성후에게 넘겨주고 말았네

선비 갓에 오줌 눈 것 진나라와 같건만
어찌 다시금 한나라의 신하가 되려는고
어찌 알 수 있겠는가 상산의 사호가
모두 동궁 위해 죽으려는 신하일지

정성 다한 예물을 받고 한나라 조정에 나아가니
상산의 사호는 수양산 푸름이 마땅히 부끄러워
불쌍하도다 사호여, 무슨 일을 이루었는가
얻은 것이란 평생 동안 고작 도왔다는 이름뿐이로다

퇴계 또한 답신을 띄웠다. 애정이 깃든 당부와 함께 시문 두 편을 함께 지어 보냈다. 퇴계의 답장 일부는 율곡의 「쇄언」에 남아 있다.

세상에 빼어난 재주를 가진 이가 어찌 한둘이겠습니까. 다만 학문에 마음을 두려워하지 아니하고, 또 모두가 그럭저럭 허투루 흘려버리기 일쑵니다. 세속의 흐름에서 스스로 벗

어난 이가 있다 하더라도 혹 재주가 모자라거나 나이가 너무 들어 늦어버리기도 합니다. 하지만 그대는 재주가 높고 나이도 일천한데도 이미 바른 길로 나섰으니 훗날 이룩할 바를 어찌 다 헤아릴 수 있겠습니까. 오로지 바라건대 또 멀리 더 크게 되기를 스스로 기약하여 작은 것을 얻었더라도 부디 만족하지 마시길….

퇴계는 답장에서 율곡의 재주를 한껏 추켜세우고 있다. 무엇보다 갓 23살의 젊음은 비할 데 없이 부럽기만 했을 터. 그러나 당부도 잊지 않는다. 세상엔 재주를 가진 이가 적지 않으나, 쓸데없는 데에 마음을 두어 그 재주를 미처 꽃피우지 못한 경우가 태반이라면서 뒤늦게 후회해 본들 그때는 이미 재주가 미치지 못하거나, 늙고 만다고 지적했다. 그런 만큼 더욱 큰 포부를 갖고서 작은 성취에 안주하지 말라는 당부의 말을 덧붙이고 있다.

예부터 세상은 다른 학문에 놀라 의심했으며
이익을 좇아 경전을 궁리하는 도는 더 멀어졌네

아, 그대만이 잃어버린 실마리를 찾을 수 있을 터
사람들이 말을 듣고 새로운 길을 찾게 하게나

오랜 방황에서 돌아와 스스로를 탄식하며
비로소 홀로 앉아 한 줄기 빛을 볼 수 있었네
권하노니, 그대는 때를 잃지 말고 올바른 길을 가게나
시골에 와 머물렀던 일 부디 한탄치 말고서

퇴계가 지어 보낸 시문에는 율곡에게 당부하는 마음이 더욱 간절한 것으로 드러난다. 사사로운 이익을 좇아 더 이상 마음을 빼앗기지 말고, 올바른 학문에만 정진하길 바라는 마음이 시종 짙게 배어 있다.

답신을 받은 율곡도 다시 붓을 들어 퇴계에게 화답했다. 퇴계가 두 편의 시문을 지어 보냈듯 율곡 역시 화답시를 두 편 지어 보냈다.

도의 학문을 어느 누가 의심하오리
병의 뿌리는 모두 내게서 벗어나지 못한 것임을

생각하건대 계곡의 찬물을 떠 마시며
몸과 마음을 맑게 하면 스스로 알지 않으리

젊어서는 양식을 만드느라 사방으로 분주하고
말 주리고 사람 여윈 뒤에야 빛을 돌이키셨나요
저문 해라도 원래 서산 위에 떠 있으니
나그네가 어찌 고향 멀다 근심하리까

둘의 서신왕래는 이후에도 한동안 지속되었다. 퇴계를 만나고 온 지 3개월여 뒤, 율곡은 네 가지 항목의 문목問目을 만들어 다시금 편지를 띄웠다. 율곡이 평소 공부를 해오면서 의문 나는 문제들이었다. 예컨대 학문의 목표, 학문의 자세, 인식과 실천의 단계, 공자와 맹자와 같은 성인도 타인을 대할 때 오만함과 게으른 경우가 있었느냐는 질문이었다.

58살의 큰 선비 퇴계가 보내온 답서는 정중하고 진지했다. 평생 공부를 해오면서 정립된 자신의 학문적 견해를 확인해주었다.

그렇더라도 젊은 천재의 질문과 큰 선비의 답변은 난해할 수밖에 없었다. 성리학의 요체를 관통하고 있었기에 그만큼 심오할 수밖에 없었던 것이다.

그로부터 두 달여 뒤, 퇴율은 뜻밖에도 다시금 조우하게 된다. 도산서당에서의 첫 번째 만남에 이은 두 번째 만남이었다.

같은 해(1558) 여름, 퇴계는 명종(13대)에게 상소를 올렸다. 명종은 비답을 내려 퇴계를 한성으로 올라오도록 했다. 율곡도 그간 강릉의 외가에만 머물다 마침 한성으로 돌아온 직후였다. 소식을 전해들은 율곡이 상경한 퇴계를 찾아가 반갑게 해후하게 되었다.

그리고 다시 이어진 편지를 보면, 율곡은 퇴계에게 또다시 조언을 구하고 있다. 장인인 성주 목사 노경린이 성주 지역에 서원을 세우고자 하는데, 사당에 모실 선현인 고려 후기 문신 이조년李兆年과 그의 손자인 이인복李仁復에 대해 묻고 있다.

퇴계가 보내온 답신은 부정적이었다. 이조년은 사당에 모실만한 인물이긴 하다고 전제하면서도, 학문으로 널리 이름을 얻지 못한 점이 못내 아쉽다고 했다. 이인복에 대해서는 딱히 일컬을 만한 행적이 없으니, 모실 수 있을지 의문이라고 밝혔다. 그러면서 학문이 높은 인물이 따로 있다면 그를 주향으로 모시고, 이주년을 배향으로 모시는 것이 좋겠다는 의견을 덧붙였다.

이 같은 퇴계의 자문을 율곡은 어떻게 받아들였을까? 율곡이 썼다는 노경린의 행장을 보면 퇴계의 조언에 대해 그가 어떠한 결정을 내렸는지 알 수 있다.

성주를 오랫동안 다스리니 정치가 이루어지고 일이 간소해졌다. 유자들을 북돋아 학문을 권하니 선비가 많이 생겨났다. 그래서 운곡에 서원을 세우고 머물며 수련할 곳으로 삼았는데, 그곳은 바로 이천伊川**가에 있었다. 그 뒤 퇴계 선생이 천곡서원이라 이름 지어 정자**程子**와 주자 두 선사를 제사지내고, 지역의 인물인 이조년을 배향하니 이에 힘입어 학문하는 기풍을 더욱 떨치게 되었다….**

한편 퇴계가 보낸 편지의 내용 중에는 율곡이 과거에

급제하지 못한 데 대한 위로의 대목도 눈에 들어온다. 편지에서 퇴계는 옛 선현의 말을 인용하여 젊은 나이에 과거에 급제하는 것이 되레 불행일 수도 있다면서, 이번에 낙방한 것은 필시 하늘이 더욱 큰 성취를 위한 준비일 뿐이니 더욱 노력을 다하라는 격려를 아끼지 않고 있다. 마치 『맹자』의 「고자」 편에서 이르고 있는, "하늘이 장차 큰 임무를 이 사람에게 내리려 할 적에는 반드시 먼저 그 마음을 괴롭게 하고, 그 신체를 수고롭게 하며, 그 몸을 굶주리게 해서, 그 몸을 궁핍하게 하여 행하는 바를 어그러지게 함이니 이는 그 사람의 마음을 분발시키고, 성질을 인내하게 하여, 스스로 능하지 못한 부분을 보태주고자 함이다"라는 문장을 연상시킨다.

또 다른 편지에서는 성리학을 올바르게 공부하기 위한 구체적인 노력에 대해서도 문답을 주고받고 있다. 율곡은 자신의 공부가 그저 글 짓는 데에 너무 치우쳐 있으며, 한때는 불교에 빠져 잠시 출가한 적도 있다는, 밝히기 어려운 사실마저 고백한다. 그러면서 율곡은 자신이 아직 제대로 된 공부에 이르지 못하고 있음을 퇴계에게 하소연하기도 했다.

퇴계는 그런 율곡에게 자신이 생각하고 있는 올바른 공부에 대해 솔직하게 전한다. 먼저 이제 갓 스물을 넘긴 젊은 나이에 그렇듯 빼어난 재주를 가졌으면서도 여전히 학문에 대한 의문을 갖는 건 지금껏 공부한 것이 여의치 않은 것임을 깨달았기 때문이라고 율곡을 두둔한 데 이어, 한때 불교에 빠졌던 이단에서 벗어나 학문의 근원으로 돌아온 것만 하여도 대단한 일이라며 다독였다. 나아가 자신의 부족한 부분을 솔직하게 밝힐 수 있는 태도야말로 도에 이를 수 있는 바탕이 될 수 있다고 추켜세웠다.

아울러 율곡이 묻고 있는 올바른 공부란 주자를 정통으로 하는 성리학이기에 주자가 제시한 길을 묵묵히 따라갈 것을 주문한다. 그러면서 퇴계는 올바른 공부란 어떻게 돼야 하는지 자신의 생각을 숨김없이 보여준다.

그대가 방금 이런저런 책을 읽고도 오히려 얻은 것이 없다고 근심하는 까닭은 글의 뜻만을 보았을 뿐 몸과 마음, 본성과 감정의 사이를 미처 헤아리지 못해서가 아니겠습니까. 아니

라면 비록 몸과 마음, 본성과 감정은 보았으나, 참되고 절실하게 체험하여 실제로 그 깊은 세계를 다 헤아리지 못하였기 때문일 것입니다.

무릇 이치를 추구하고窮理, 경의 태도를 갖추는居敬, 이 두 가지는 서로 머리가 되고 꼬리가 된다고는 하나, 실은 두 가지의 서로 다른 공부이니 절대로 단계가 나뉜다고 근심하지 마시오. 또 반드시 서로 번갈아 나가는 것을 법으로 삼아 나란해지기를 기다리지 말고, 곧바로 할 수 있는 공부부터 시작해야 합니다. 의심하여 머뭇거리지 말고, 어디서나 마땅히 공부에 힘써야 할 것입니다.

아울러 마음을 비우고 이치를 살펴야 하는 까닭에, 자신의 의견을 먼저 정해서는 결코 안 됩니다. 차츰 쌓아 잘 익혀야 하니 시간 안에 효과를 보려 해서도 안 될 것입니다.

따라서 얻지 못하면 그만둘 수 없다는 태도로 평생의 사업으로 삼는다면, 이치가 무르녹아 모이게 되고 오로지 경敬이 하나가 되는 경지에 이르게 될 것이니 모든 것은 잘 갖추어진 연후에 스스로 얻게 될 따름입니다.

그런데 어찌 단번에 깨달아 그 자리에서 부처가 되었다는 자들의 허황된 말과 같은, 다시 말해 눈이 부셔 어슴푸레한 그림자만을 대충 보고서 바로 큰일을 이미 마쳤다고 말하는 것과 같겠습니까. 이치를 추구하여 실천해보고서 비로소 참을 알게 되고, 오로지 경을 지켜 마음을 두셋으로 흐트러뜨리지 않을 수 있어야 비로소 참을 얻게 될 것입니다.

그렇다 하더라도 비록 지금은 이치를 보았다 하나 얕고 엷음을 면치 못하고, 비록 경을 지킨다 하나 잠깐 사이에 놓치기도 십상이니 일상을 처리하는 사이 한꺼번에 뒤따라 몰려들어 무너지는 경우도 끝이 없기 마련입니다. 그런즉 어찌 쓸데없는 생각이나 식욕과 색욕, 한가한 얘기만이 해가 될 수 있겠습니까. 더구나 학문을 처음 하게 되면 이치를 보아도 참되지 못하고, 경을 지켜도 자꾸만 놓치게 되니 이 또한 사람들의 공통된 근심일 것입니다….

퇴계와 율곡은 이처럼 첫 만남 이후 몇 차례 더 편지를 주고받았다. 편지를 주고받는 사이 둘의 관계 또한 비단 학문적인 부분에만 머무르지 않았다. 더욱 다양하고 심도 있는 문제로까지 확대하여 논의하는 사이로 발전되어 나아갔음을 확인해볼 수 있다. 또 그러는 사이 서로에 대한 관심과 믿음이 깊어지고 있음을 유추해보게 한다.

그러나 안타깝게도 둘의 편지는 더 이상 이어지진 못했다. 첫 만남 이후 해가 바뀌면서 더는 교류한 흔적을 찾아보기 어렵다. 모르긴 해도 퇴계는 벼슬을 내려놓은 뒤 낙향하여 도산서당에 머물며 학문 연구와 저술, 몰려든 많은 제자의 양성에 여념이 없었을 것으로 보인다.

율곡 또한 생활이 굴곡졌다. 갑작스레 아버지가 세상을 뜨면서 삼년상을 치러야 했다. 이어 과거에 전념한 끝에 드디어 대과에 급제해서 출사케 되기까지 우여곡절이 많은 나날을 보내야 했던 것이다.

율곡의 간청에도 '은거강학'에 들어가다

조선왕조에서 선왕이 세상을 뜨고 새로운 임금이 즉위하는 때는 정치적으로 일대 변혁의 시기가 아닐 수 없었다. 사대부들의 정치적 입지가 한순간에 얼마든지 뒤틀릴 수 있었었다. 또 이 같은 시기엔 상황의 변화에 따른 정치적 결단조차 곧잘 요구되는 경우가 흔했다.

바로 이 같은 예민한 시기에 퇴계가 보여주고 있는 가치관과 소명의식은 너무도 확고하기만 했다. 다름 아닌 명종이 임종을 앞두고 있던 1567년 6월이었다.

이때 67세의 퇴계는 이미 벼슬을 내려놓고 오래전에 낙향한 뒤였다. 자신이 세운 안동의 도산서원에서 오로지 제자들에게 강학하고 저술하는 일에만 전념하고 있었다.

그에 반해 32세의 율곡은 이제 갓 4년 차로 접어드는, 조정의 신참이었다. 신참이긴 하였으나 조정의 주요 인사권이 주어졌다. 막강한 힘을 가진 이조좌랑(정5품)이었던 것이다.

하지만 명종의 마지막 부름을 받고 퇴계가 마지못해 상경하게 되면서, 퇴율 두 사람은 실로 오랜만에 다시 만나게 된다. 첫 만남에 이어 같은 해에 또 한성에서 아주 짧은 만남이 이뤄진 지 햇수로 9년여 만이었다.

사실 퇴계의 상경은 좀 뜻밖이었다. 그동안 임금의 부름이 여러 차례나 계속되었는데도 모두 거절한 채 한사코 고향에만 머물던 그였다.

한데 때마침 명나라에서 사신이 온다는 소식이 전해지자, 사신을 접대하는 제술관으로 퇴계가 적임자라는 천거가 급물살을 탔다. 중국에서 사신이 오면, 으레 문장과 학문이 높은 원로가 발탁되어 사신을 상대하는 임무를 맡는 관례에 따른 것이었다.

그렇듯 마지못해 퇴계가 상경하자마자 상황이 돌연

예기치 않은 방향으로 흘렀다. 명종이 갑작스레 승하하고 만 것이다.

명나라 사신을 접대하는 제술관을 맡기 위해 상경했던 퇴계는 꼼짝없이 임금의 국장을 떠맡을 수밖에 없었다. 속절없이 명종의 행장을 지어 올린 데 이어, 16세의 어린 새 임금 선조로부터 판중추부사(종1품)에 제수되었다.

퇴계는 완고했다. 판중추부사를 맡을 수 없다며 여러 차례 사양한 끝에 마침내 해직될 수 있었다.

그러자 새로운 벼슬이 내려지기 전에 서둘러 다음 날 곧바로 고향으로 내려갔다. 어린 새 임금에게는 미처 하직 인사도 올리지 못한 채였다.

조정이 시끌벅적했다. 아직 명종의 국장이 완전히 끝나지 않은 터라 퇴계의 처신을 놓고 조정에서 논란이 들끓었다. 퇴계를 이단이라고까지 세차게 몰아붙이는 대신마저 없지 않았다.

율곡은 퇴계가 한성에 머물고 있을 때 조정에 남아줄 것을 설득했었다. 인편에 따로 편지도 보내 낙향을 극구

만류하기도 했다. 율곡의 「경연일기」에 당시의 풍경이 고스란히 전해진다.

어린 새 임금(선조)이 말했다.

"경의 어진 덕을 들은 지 오래되었오. 이렇게 새로이 정치를 시작하는 때에 만일 경이 벼슬에 나오지 않는다면 어찌 내 마음이 편하겠오. 사직하지 마오."

퇴계는 관직을 맡을 의사가 없어 보였다. 그러자 율곡이 퇴계를 뵙고 말했다.

"어린 새 임금이 처음 서시고, 나랏일에 어려움이 많으니 분수와 의리를 보더라도 선생께서 부디 물러나지 말아야 합니다."

그러나 퇴계의 태도는 분명했다. 자신의 폭넓은 도덕적 기준으로 볼 때 이제는 물러날 때가 됐다고 본 것이다. 퇴계가 대답했다.

"도리로 볼 때는 물러날 수 없다 하나, 내 몸을 돌아보면 또 물러나지 않을 수가 없오. 몸에는 병도 많고 능력 또한 직무를 수행할 수 없기 때문이오."

그럴 즈음 우계牛溪 성혼 역시 새 임금이 참봉(종9품)에 제수하고 불렀으나, 끝내 나오지 않았다. 함께 자리하고 있던 사람이 퇴율 두 사람의 대화에 끼어들며 물었다.

"성혼은 어찌하여 나오지 않는 것입니까?"

그러자 율곡이 대답했다.

"성혼은 병이 많아 관직을 맡을 수 없소이다. 만일 강제로 벼슬을 하라 하면 그를 괴롭히는 일일 것이오."

퇴계가 웃으면서 말했다.

"숙헌(율곡의 호)은 성혼에겐 두터이 하면서 내게는 어찌 그리도 야박하게 대접하오."

율곡은 정색했다.

"그렇지 않습니다. 성혼의 벼슬도 선생과 같다면야 한 몸의 사사로운 계책을 생각해줄 여지란 없습니다. 낮은 벼슬로 성혼을 바쁘게 한다고 나랏일에 당장 무슨 도움이 되겠습니까? 그러나 선생께서 만약 경연의 자리에 계신다면 그 이익은 크지 않겠습니까? 벼슬이란 남을 위한 것이지 어찌 자신을 위한 것이겠습니까?"

퇴계가 다시 말했다.

"벼슬은 진실로 남을 위한 것이오. 그러나 만일 남에게 이로움도 미치지 못하면서 자신에게 근심이 절박하다면 또 어쩌겠오?"

율곡이 대답했다.

"선생이 조정에 계신다 하면 설령 꾀하는 바가 아무것도 없다 할지라도 어린 새 임금께서 마음 깊이 의지되고, 백성들 또한 기뻐하며 힘입을 것입니다. 허니 그 역시 이로움을 남에게 미치는 것이 아니겠습니까?"

그러나 퇴계는 끝내 받아들이지 않았다. 율곡은 체념할 수밖에 없었다.

한편 뒤따라 인편으로 내려보낸 낙향을 만류하는 편지 역시 『율곡전서 』에 전해진다. 율곡은 편지에서 퇴계가 예조판서(정2품)에 제수된 것에 대해 먼저 사과한다. 퇴계가 예조판서에 임명되어 자신의 뜻과 다른 길을 가야 하는 상황에 놓인 것을 두고 못내 미안하게 생각했다.

또한 변명하기를 율곡은 퇴계가 예조판서를 맡는 것

이 분명 어렵다고 보았으나 이조판서가 "인사를 맡은 부서는 마땅히 관직을 보고 인물을 택해야지, 인물을 위해 관직을 택할 수 없다"라는 주장을 차마 막을 수는 없었다고 에둘렀다.

율곡은 그럼에도 딴은 퇴계가 적극적으로 정치에 나서주기를 내심 바랐다. 그 같은 바람은 당시의 정치 상황에 근거한 율곡의 깊은 우려에 따른 것이었다. 율곡은 자신의 편지에서 당시 상황을 이렇게 적고 있다.

나라의 고질병이 깊어진 지 20년이 넘었습니다. 아래, 위가 모두 옛 관습만 따를 뿐 한 올도 고치지 못하고 있습니다. 지금 백성의 힘은 이미 말랐고, 나라의 저축도 비어 있는 지 오래입니다. 만약 지금 개혁하지 않는다면 나라가 당장 나라 구실을 못하게 될 것이니 벼슬하는 선비는 곧 허물어질 천막에 집을 짓는 제비 신세와 무엇이 다르다 하겠습니까? 그런 생각만 하게 되면 저도 모르게 한밤중에 벌떡 일어나 앉게 되고는 맙니다. 저 같이 보잘것없는 이도 오히려 이와 같을진대. 하물며 선생께서는 세 분 임금의 은혜를 입고 벼슬이 육경에 올랐는데, 어찌 무심하실 수가 있겠습니까…?

율곡은 퇴계에게 이렇게 거듭 간청한다. "문을 닫고 병을 다스리면서 대궐 일에는 일절 신경을 쓰지 않더라도, 그저 한성에만 계셔주신다면 선비들의 기개가 절로 갑절이나 될 것이며, 나라가 잘 다스려질 것이라고 기대할 수 있습니다."

그러나 명종에 이어 선조가 즉위할 때만 하여도 성리학의 이념을 충실히 구현하고자 하는 이들이 퇴계를 따르며 상당한 세력까지 형성하고 있었는데도, 조정의 주도권은 여전히 훈구 세력이 쥐고 있었다. 그들의 정치 이념이나 추구하는 가치는 퇴계와 같은 사림파와는 크게 달랐다. 모르긴 해도 퇴계는 그러한 상황을 직시하고 아직도 자신이 뜻을 펼 때가 아니라고 판단했던 것 같다.

때문에 퇴계의 발길을 누구도 되돌려놓진 못했다. 들끓는 여론과 어떠한 변명도 통하지 않을 것이라고 생각한 퇴계는 간곡히 붙잡는 율곡에게조차 아무런 변명도 하지 않은 채 끝내 낙향 길에 오르고야 말았다.

다만 제자인 기대승에게만은 자신의 속내를 털어놓을 수 있었던 것일까? 당시 퇴계는 기대승에게 보낸 편지에서 자신의 심경을 이렇게 밝힌다.

옛날 군자는 나아가고 물러나는 분별에 밝아 하나의 일이라도 소홀히 지나치지 않아서, 조금이라도 관리의 직분을 잃으면 반드시 곧장 물러났다네. 그들도 임금을 사랑하는 정으로 본다면 틀림없이 차마 그렇게 하지는 못하였을 것이네. 그러나 정 때문에 차마 떠나야 하는 도리까지 저버리지는 않았으니 그것은 몸을 바쳐야 할 곳일지라도 도리로 볼 때 행할 수 없으면 반드시 물러난 뒤라야 의리를 좇을 수 있기 때문이 아니겠는가. 이런 때를 당했다면 비록 그렇게 할 수 없는 정이 있을지라도 속절없이 도리에 따라 굽히지 않을 수 없었을 것이네.

임금과 부모는 한 몸이라 한결같이 섬겨야 하네. 목숨을 바쳐 그 일을 해야 마땅하긴 하네. 그러나 아버지와 아들은 하늘이 맺어준 것이니, 곁에서 모시는 데에 일정한 격식이 없고. 임금과 신하는 의리로써 만나는 것이니, 곁에서 모시는 데에 일정한 격식이 있어야 하질 않겠는가. 일정한 격식이 없음은 은혜가 항상 의를 덮으니, 떠날 때가 따로 없다는 뜻이네. 반면에 일정한 격식이 있음은, 의리가 혹 은혜를 빼앗아 어쩔 수 없이 떠나는 경우가 생긴다는 것이 아니겠는가.

살아계시는 분을 봉양하는 일이나, 죽은 분을 보내드리는 일이나, 그 법도는 한결 같은 것이네. 그런데 지금은 이와 같이 하지 않아서, 의리와 뜻을 묻지 않고 옳고 그름을 헤아리지도 않으며, 오로지 정 하나로만 몰아가는 것 같네.

나는 임금을 섬기는 데 일정한 격식이 있다는 도리가 이처럼 뭉뚱그려 분별없는 것은 아닐 것이라고 생각하고 있다네. 만일 내가 어리석음과 병을 염두에 두지 않고, 직분을 감당하지 못하는 것을 부끄러워하지 않으며, 오랫동안 관직에 그대로 머물고 있었더라면, 여기서 참으로 버리고 떠날 도리가 딴은 또 없었을 것이 아닌가….

율곡은 좀처럼 뜻을 굽히지 않는다. 이미 낙향한 퇴계에게 또다시 편지를 띄운다. 퇴계가 낙향한 이듬해(1568) 봄에 보낸 편지에서, 조정에 나와 어린 새 임금을 도와달라고 다시 한번 간곡히 요청한다.

"어떻게 지내고 계신지 삼가 묻습니다. 봄추위가 아직은 매서운데 몸조리하시는 것이 잘못될까 염려가 그치지 않습니다. 이곳에서 외람되게 말씀드리자니 매우 황송하나, 일찍이 저를 내치지 아니하고 만나주셨던 은혜를 입어 감히 이같이 입을 열어봅니다…"로 시작되는 율곡의 편지는 사뭇 비장하기까지 했다.

요컨대, 퇴계가 비록 세상을 경영하여 백성을 구제하는 재주에 대해선 스스로 부족하게 여기고 있다손 치더라도, 성현의 글을 깊이 음미하여 뜻을 밝히고 가르침을 분석하는 학문과 가난을 외면하지 않고 부유함에 굴복하지 않는 청렴한 처신에 있어, 어떤 누구도 따르지 못한다고 그를 높게 평가한다. 바로 그 같은 이유 때문에 어린 임금께서 마음을 기울이고 사림을 우러러보는 것이니 더 이상 자신을 낮추며 벼슬을 사양만 하지 말라고 간청한다.

그러면서 율곡은 퇴계가 마음을 고쳐먹고 상경할 수 있도록 설득하는 논리로 다음 세 가지를 든다.

첫째, 의원醫院에 비유하며 설득에 나선다.

화타華佗와 의완醫緩은 한말漢末의 걸출한 명의로 소

문난 이들이다. 하지만 만일 이 둘이 반드시 병이 들 때까지 기다린 끝에야 치료하게 된다면, 세상 사람들은 병으로 죽지 않는 이가 드물 것이라고 했다. 자신이 화타나 의완 같은 명의가 아니라고 해서 눈앞에서 죽어가는 환자를 내버려둘 순 없는 일이라는 뜻이다. 그런 만큼 퇴계는 자신의 능력을 탓하기 전에 먼저 나라를 구하기 위해 지금 당장 나서야 한다는 논리다.

둘째, 성현聖賢을 배우는 자를 비유하며 설득에 나선다.

애써 성현을 배우고자 하는 이라면 비록 성현에는 이르지 못한다 하더라도 그의 처신은 으레 성현을 스승으로 삼고자 하기 마련이다. 한데 자신은 성현이 아니니 성현이 한 일을 본받을 수 없다 하여, 나아갈 때에 나아가지 않고 물러갈 때에 물러가지 않는다면 어떻게 되겠는가. 비록 성현에는 이르지 못했다 하더라도 성현이 되려고 배우고자 하는 이라면, 마땅히 성현의 행동을 본받아야 하질 않겠는가. 퇴계가 스스로 자신을 낮춘다 할지라도 차마 성현을 배우지 않았다고까진 할 수 없을 일이니 성현의 가르침을 따른다면 결코 지금 물러날 수 없다는 논리다.

세 번째는 다소 강경하기까지 하다. 퇴계가 계속 물러나기만을 원한다면 반드시 큰 봉변(?)을 당할 수도 있다는 논리로 마지막 설득에 나선다.

우선 어린 임금께서 퇴계를 반드시 불러들이고자 하고 있으니 결코 오지 않는다고 해서 부름이 그칠 것 같으냐는 것이다. 그런 만큼 다시 불러오기 전에 전례가 없는 파격적인 대우를 한다면, 겸허한 마음으로 감당하지 못할 큰 낭패를 볼 수도 있다는, 일종의 경고성 메시지다.

율곡은 퇴계가 절실했다. 한편으로는 설득하고 또 한편으로는 윽박지르는 경고성 메시지마저 동원하면서까지 퇴계가 다시 조정으로 돌아와 주길 애타게 간청한다. 당대의 정치 상황으로 볼 때 큰 선비 퇴계라는 존재가 그만큼 절박했던 까닭이다.

한데도 퇴계는 끝내 조정으로 다시 돌아오지 않았다. 그가 벼슬을 기어이 사양한 것을 두고 한숨에 찬 율곡의 독백만이 깊어졌을 따름이다.

아, 대신은 도道로써 임금을 섬기다, 되지 않으면 그만둘 수도 있는 일이다. 그런데 퇴계는 오랜 신하로 또 어린 새 임금의 신하로 이왕 조정에 다시 섰으면, 당연히 그 임금을 보필하다 그만 되지 않는 것을 알고 난 뒤 그때 가서도 얼마든지 물러날 수 있으련만 그처럼 간곡히 사절하여 마지않는지 도무지 알 수 없다. 능력을 알고 분수를 헤아려 남이 알아줌을 구하지 않는 것을 정녕 편하게 여기는 분이신가…?

물론 당시 벼슬에 나아가고 물러나는 것은 비단 퇴계나 율곡만의 문제는 아니었을 법하다. 당대의 사림이라면 당연히 벼슬에 나아가고 물러나는 출처의 의리에 대해 고민하지 않을 수 없었을 터. 큰 뜻을 품은 사대부로서 위로는 임금을 섬기고 아래로는 백성을 살펴 세상을 경영하는 데에 자신의 역량을 쏟는 것은 과거 공부를 시작하기 이전의 아주 어릴 적부터 꿈꾸어온 자신들의 이상이었다.

그렇더라도 임금이 어질지 못하고 세상이 혼탁하다면 흔들릴 수밖엔 없었다. 부귀와 영화도 잠시 뒤로 한 채 홀연히 은거하며 자신을 기르는 것 또한 그들이 가야 할 운명이었다. 조선 중기, 그러니까 조선 초 이래 2백여 년에 이르는 훈구파와의 기나긴 투쟁 끝에 이제 막 정국의 주도권을 그들로부터 사림파 쪽으로 가져오기 직전인 과도기 시대의 사대부라면, 아마 어떤 누구라도 이 두 가지 운명을 놓고 갈등하지 않을 수 없었다. 과연 자신이 열어나가야 할 세상은 어떤 것이어야 하는지, 정녕 하늘로부터 부여받은 자신의 책무가 무엇이어야 하는가를 선택하는 데에 따라, 목숨도 역사도 따라 엇갈리는 불안한 시대였던 때문이다.

이 같은 불안전한 시대에 사림의 입지는 제한적일 수밖에 없었다. 자신들이 처한 운명 앞에 늘 고민하고 고뇌하지 않으면 안 되었다. 이 시기에 퇴계와 율곡 두 사람이 주고받은 편지 속에서도 그러한 고민과 고뇌의 편린을 고스란히 엿볼 수 있게 한다.

그러나 퇴계가 가는 길이 비록 율곡의 생각과는 달랐다 하더라도 둘은 서로에 대한 존중을 잊지 않았다. 어느 한 길이 결코 옳으며, 반드시 그 길을 지향해야 한다고 생각지도 않았다. 간청하고 또 미련을 갖고 돌아보기는 하였으나, 그들은 두 길 모두 내심 가치 있는 선택이라고 생각했다. 단지 불안전한 시대 상황 속에 자신이 처한 현실에서 과연 어떤 길이 더욱 가치 있는 길인가에 대해 끊임없이 고민했으며, 옳은 역사를 쓰기 위해 고뇌했을 뿐이란 것이다.

또 그것이 두 사람을 대조적인 모습으로 비치게도 했다. 나라 생각과 백성 생각이라는, 같은 듯 서로 다른 현실정치에 대한 뚜렷한 시각 차이로 나타났을 따름이다.

요컨대 퇴계는 학문적 깊이에서 우러나는 성리학에 기반한 정치 이념의 내용과 방향을 이끌긴 하였어도, 관직에 제수되는 걸 한사코 사양함은 물론 구체적 실무와도 거리를 두고자 했다. 그에 반해 율곡은 성리학의 정치 이념뿐 아니라 국가를 다스리기 위한 구체적인 정책 입안과 집행에 뛰어난 역량을 보였다. 퇴계가 중년 이후 아예 관직에서 물러나 학문과 교육에 치중했다면, 율곡은 죽는 날까지 현직에 머물면서 국정 운영에 노심초사했다. 퇴계가 정치가라기보다는 어쩔 수 없는 교육자에 더 가까웠다면, 율곡은 타고난 역량에서 비롯된 자유로움과 당당함을 가진 정치가에 더욱 가까웠던 것이다.

따라서 퇴계가 검은 까마귀 노는 곳에 흰 백로가 갈 수 없다는 '이상론'을 펴고 있다면, 율곡은 달랐다. 검은 까마귀가 놀더라도 흰 백로가 그곳으로 가서 서로 부대끼며 무언가를 실현해야 한다는 '현실론'으로 뚜렷한 간극을 보여주었다. 퇴계가 고민하고 고뇌한 끝에 황폐해진 현실정치를 피해 결국 조정을 떠나 낙향해서 향리에 은거하며 성리학의 학문에서 이상을 찾는 '은거강학의 길'을 선택한 것이라면, 율곡은 고민을 거듭했지만 조정에 남아 당대의 불안전한 시대를 직시하며 현실정치에 정면으로 맞서 나라를 다스리고 백성을 구제하는 '경세제민의 길'의 선택한 것이었다. 그가 '그저 한성에만 계셔주신다면 선비들의 기개가 절로 갑절이나 될 것이오. 나라가 잘 다스려질 것'이라며 퇴계에게 한사코 간청했던 이유이기도 했다.

「무진육조소」, 당대 정치 상황의 해법을 담다

퇴계는 벼슬을 내려놓고 낙향한 지 오래였다. 향리에 세운 도산서원에 머물며 오직 강학과 저술에만 전념했다. 그런 그가 명종의 마지막 부름을 받고 마지못해 상경한 것이 68세 때였다.

한데 명종이 갑작스레 승하하면서 한성에 한 달여 동안 꼼짝없이 머물 수밖에 없었다. 어쩔 수 없이 명종의 국장을 떠맡게 된 것이다.

이어 선조가 즉위한다. 16세의 어린 선조는 퇴계를 스승으로 예우하며 판중추부사에 제수했다. 하지만 여러 차례 사양한 끝에 겨우 해직되어 낙향할 수 있게 되었다.

하지만 큰 선비로서 어린 임금을 외면하고 돌아서가

는 발걸음이 차마 무거웠던 것일까? 한 달여 동안 한성에 머무는 동안 어린 새 임금의 은혜에 보답하는 마음으로, 당대의 정치 상황에 대해 자신의 학문과 경륜의 모든 것을 담은 장문의 상소문을 올린다. 국정 운영의 전반적인 원칙과 방향에 대해 폭넓은 견해와 해법을 밝힌 「무진육조소戊辰六條疏」였다.

「무진육조소」는 말 그대로 무진년(1568)에 올린 여섯 가지 조목의 상소문이다. 사림정치를 구현할 동량지재로 사대부들의 기대를 한몸에 받으며 즉위했던 약관의 선조에게, 퇴계는 오랫동안 닦고 기른 자신의 학문과 경륜을 고스란히 전수해주고자 한 것이다.

「무진육조소」는 처음 들어가는 글로 시작된다. 이어 본론으로 당대의 정치적 상황에서 퇴계의 해법을 담은 왕통의 승계, 참소의 이간, 성학聖學의 근본, 도학道學을 밝힘, 눈과 귀를 통하게 할 것, 수양과 반성 등 여섯 조항과 함께 이어 마치는 글로 구성되어 있다.

장문인 까닭에 전문을 다 옮겨 살피기란 쉽지 않다. 그렇더라도 지금은 좀처럼 경험하기 어려운, 묵직하게 묻어나는 큰 선비의 체취를 간단히 느껴볼 수가 있다.

나아가 퇴계의 지식과 인격, 내면의 자세와 깊은 사유, 특히 유종儒宗으로의 그의 육성이 생생하기만 하다. 곧 퇴계라는 역사의 인물을 가늠해볼 수 있는 그의 대표 문장일뿐더러 과연 그가 어떤 무엇에 눈길과 방점을 두고 있는지 어렵잖게 살필 수 있기에 일독을 권한다. 전문 가운데 일부만을 옮겨보면 이렇다.

들어가는 글

판중추부사 신 이황은 삼가 몸과 마음을 깨끗이 하고, 깊이 절하며, 주상전하께 말씀을 올립니다. 신은 궁벽한 시골의 보잘것없는 존재입니다. 얕은 재주는 쓸데가 없고, 나라를 섬겨도 공이 없어, 고향에 돌아가 죽기를 기다리고 있습니다. 그런데 선왕께서 잘못 들으시고 총애하시는 하명을 거듭 더해주셨건만, 전하께 이르러 잘못된 은혜가 더욱 더해졌습니다. 게다가 올 봄에 등급을 뛰어넘는 관직 제수 소식을 듣고는 더욱 놀랐습니다. 그래서 신은 우레와 같은 하명도 무릅쓰고, 감당하지 못한다고 사직한 것입니다. 비록 헤아려주시는 은혜를 입어 벼슬은 이미 벗었으나, 품계는 고쳐지지 않았으니 여전히 분수에 넘칩니다. 더욱이 신은 늙고 병으로 꺾어져 한 줌의 정력도 없으니 어찌 벼슬살이를 견딜 수 있겠습니까? 그런데도 외람되이 높은 자리에 얽매여 있으니 더욱 부끄럽고 또한 두렵습니다. 있어서는 안 될 자리에 오래 있으면서, 성군의 조정을 더럽힐 수는 없는 일이옵니다. 다만 이번의 서울 길을 돌이켜보면 남달리 돌아보아주심을 분에 넘치게 받았으니 신이 비록 평소 책략에 어두우나, 정성을 다하여 한 가지 얻은 어리석음이나마 바칠 생각을 하지 않을 수가 없었습니다. 하지만 직접 뵙고서 아뢰면 정신이 아득하고 말이 어눌하여, 한 가지를 내세우다 만 가지를 빠트릴 것입니다. 이에 감히 글로써 신의 뜻을 올립니다. 하고 싶은 말을 엮어 여섯 조목으로 갈라서 함부로 올리니 자그마한 보탬이 될 것이라고도 바라지 못하오나, 가까운 신하의 버릇없는 말로 조그마한 도움이라도 될까 하나이다….

…〈중략〉…

셋째 조목, 성학에 힘써 다스림의 근본을 세우십시오

신이 들으니, 제왕의 학문에서 마음 쓰는 법의 요체는 순舜이 우禹에게 분부하신 말에서 비롯되었다 합니다. 그 말에서 이르기를 "사람의 마음은 위태롭고, 도의 마음은 은밀하니 오직 정밀하고 한결같이 그 가운데를 잡으라"라고 하였습니다. 무릇 천하를 서로 전하는 것은 그것을 안정시키고자 함입니다. 그런데 그 맡기는 말에서 마땅히 정치보다 급한 것이 없을 텐데도, 순이 우에게 간곡히 타이른 것은 이 몇 마디에 지나지 않았으니 어찌 학문과 덕성으로써 정치의 큰 근본으로 삼은 것이 아니었겠습니까?

'정밀하고 한결같이 그 가운데를 잡음'은 곧 학문을 하는 큰 방법입니다. 큰 방법을 가지고 큰 근본을 세운다면, 천하의 정치는 다 여기서 나오게 될 것입니다. 옛 성인의 도모함이 이러하므로, 신과 같이 어리석은 자로서도 성학이 지극한 다스림의 근본이 됨을 알고 외람되이 말씀드리는 바입니다.

그러나 순의 이 말은 위태롭고 은밀하다고만 말하고 있을 뿐 그 위태롭고 은밀한 까닭은 말하지 않았고, 정밀하고 한결같음만 가르쳐주었을 뿐 정밀하고 한결같게 하는 방법은 보여주지 않아서, 뒷사람이 이를 바탕으로 도를 참으로 알고서 실천하고자 하여도 어렵게 되었습니다. 그 뒤에도 여러 성인이 서로 이어받아 공자에 이르러 그 방법이 크게 갖추어지니 『대학』에서 이르는 사물의 원리를 터득함格物, 앎을 끝까지 밀고나감致知, 뜻을 성실히 함誠意, 마음의 바름正心과 함께 『중용』에서의 선을 밝게 앎明善과 몸을 성실히 함誠身이 그것입니다. 그 뒤 여러 유학자가 번갈아 일어났으며, 그 설이 크게 밝아졌으니 다름 아닌 『대학』과 또한 『중용』에서의 「장구章句」와 「혹문惑問」이 곧 그것입니다.

이제 이 두 책을 좇아 참으로 알고 실천하는 학문을 한다면 비유컨대 하늘 가운데 해가 솟아 눈만 뜨면 다 보이고, 큰 길이 앞에 놓여 발만 들면 밟고 나아갈 수 있는 것과 같을 것입니다. 걱정이라면 세상의 임금으로서 이 학문에 뜻을 둘 수 있는 사람이 적다는 것이며, 간혹 뜻을 두더라도 시작과 끝이 한결같은 이는 더욱 드물다는 것입니다.

…〈중략〉…

하지만 참으로 아는 것과 제대로 실천하는 것은 수레의 두 바퀴와 같아서 하나라도 빠져서는 안 되며, 사람의 두 다리와 같아서 서로 기다려 함께 나아가야 합니다. 그러므로 정자程子는 이르기를 "앎에 이르렀는데도 공경에 머무르지 않는 이는 없다"라고 하였고, 주자朱子도 이르기를 "몸소 행하는 공부가 모자라면 이치를 추구할 것도 없다"라고 하였습니다. 그러므로 이 두 가지 공부를 합쳐서 말하면 서로 처음과 끝이 되고, 나눠서 말하면 또 각기 처음과 끝이 있습니다. 아, 시작하지 않으면 끝이 없으며, 끝이 없으면 어떻게 시작할 수가 있겠습니까?

임금의 배움은 대체로 시작은 있지만 끝이 없고 처음에는 부지런하지만 끝에는 게으르며, 처음에는 조심하지만 끝에는 제멋대로입니다. 들락날락하는 마음으로 하다 말다 하다가, 마침내 덕을 버리고 나라를 그르치는 쪽으로 가고 마는데 왜 그렇겠습니까? 사람의 마음만큼 위태로운 것이 없으니, 쉽사리 욕심에 빠져 이치를 되돌리기 어렵고 도의 마음만큼 은밀한 것이 없으니, 잠깐 이치 쪽으로 열리다가도 곧 욕심으로 닫혀 버리기 때문입니다.

이제 쉽사리 빠지는 것에선 물러나 작용하지 못하게 하고, 잠깐 열리는 것에 쉬지 않고 계속 가까이 다가가서 제왕들이 서로 전했던 중용의 길을 잡는 학문을 이 룩하고자 하니 정밀하고 한결같은 공부가 아니면 과연 무엇을 할 수 있겠습니까? 부열傅說은 말하기를 "무릇 배움은 뜻을 겸손하게 해야 한다"라고 하였고, "처음부터 끝까지 한마음으로 배움을 생각하면 그 덕이 모르는 사이에 닦인다"라고 하였으며, 또 공자는 이르기는 "이를 데를 알아서 이르니 일의 기미를 알 수 있으며, 그칠 데를 알아서 그치니 의를 보존할 수 있다"라고 하였습니다. 밝은 임금께서 마음에 담아두신다면 실로 다행이겠습니다.

마치는 글

위에서 아뢴 여섯 조항에는 하늘이 놀라고, 땅이 흔들리며, 사람들의 눈이 뜨이고, 귀가 열리는, 그 같은 말은 하나도 없습니다. 그렇지만 실제로 떳떳한 가르침에 따라 삼가며 본성의 도道에 뿌리박고 성현에 근거하였으며, 『중용』과 『대학』에 바탕하고 역사의 전승을 살피며, 오늘날의 일을 경험하여 말씀드렸습니다. 바라옵건대 주상전하께서는 흔히 보고 듣는 것이라 하여 할 만하지 않다고 하지 마시고, 사리에 어둡다 하여 굳이 할 것 없다 하지 마시며, 반드시 먼저 처음의 두 조항으로 근본을 삼아서, 성학의 공부를 더욱 부지런히 하시기 바랍니다. 빨리 가려하지 마시고, 스스로 한계를 긋지도 마십시오. 여기서 그 극치를 다하여 과연 얻은 바가 있다면, 나머지 다른 일들은 참으로 날이 가고 일을 겪을수록 더욱 밝아지며 또한 더욱 충실해질 것이니 이치와 의리가 내 마음을 기쁘게 함이, 틀림없이 고기가 입을 기쁘게 하듯이 될 것입니다.

우리들의 성정은 참으로 요 · 순이 될 수 있으니 하찮고 흔한 일상을 벗어나지 않아도 실로 높고 깊으며, 멀고 커서, 다함이 없는 것이 거기에 있습니다. 옛사람이 "연원을 찾아서 다스리는 도를 밝혀내고, 본말을 꿰뚫어 큰 중심을 세운다"라고 이른 것이 여기에서 벗어나지 않습니다. 여기에 이른 다음에야 비로소 소신의 말이 다 선현의 가르침을 이어받은 것이고, 터무니없는 말로 주상전하를 속인 것이 아님을 믿으실 것입니다.

그러하오나 신은 이것을 너무 늦게 들었고 또한 병이 깊어서, 힘써 실천하여 실제 자기 것으로 삼지 못했기에 주상전하의 성의에 응답할 수 없었습니다. 그래서 부끄러움과 당혹스러움에 움츠러들어 감히 나아가지 못한 것입니다. 더는 이미 피하지 못하고 이렇게 나왔으니, 또한 감히 이 말씀을 감추고 다른 말로 대신할 수 없었습니다. 만일 주상전하께서 사람 때문에 말을 버리지 않으시고 여기서 얻는 바가 있으시다면, 지금의 공경·대부들은 모두 이 설을 외워서 익혔으며, 아울러 이 도를 좇는 사람들이니 위에서 좋아하는 것을 반드시 아래서는 더욱 좋아할 것입니다. 주상전하께서 묻기를 좋아하고 가벼운 말도 살피시어 그것을 취하여 선을 행하기를 즐기시며, 빛나는 군왕의 공을 날로 더하신다면, 누가 감히 온 마음을 다 바쳐 성덕을 이루도록 도우려 하지 않겠습니까? 그렇다면 신이 비록 시골에서 병을 안고 누워 있어도 날마다 밝은 임금을 가까이 모시는 것과 무엇이 또 다르겠습니까? 바위굴 속에서 말라죽어가다가도 세상의 모든 생명과 더불어 넉넉한 성상의 은택에 함께 젖어드나이다. 간절히 비는 마음 지극하여 어찌할 바를 모르니 삼가 죽음을 무릅쓰고 아뢰나이다….

16세의 어린 선조는 68세의 큰 선비 퇴계가 올린 「무진육조소」를 받아보고 곧바로 비답을 내렸다. "내가 소장을 받아보고 여러 번 깊이 생각해보건대, 경의 도덕은 옛사람과 비교해보아도 경만한 사람이 드물 것이오. 이 육조목은 참으로 천고의 격언이며, 오늘날의 급선무라 아니할 수 없소. 내 비록 하찮은 인품이나, 어찌 가슴에 지니지 않을 수가 있겠는가."

「무진육조소」는 이처럼 여섯 조항으로 짜여 있다. 첫째, 왕통의 승계를 중요하게 여겨 인仁과 효孝를 온전하게 할 것. 둘째, 참소의 이간을 막아 궁궐 안의 양궁兩宮이 친하게 지낼 것. 셋째, 성학에 힘써 다스림의 근본을 세울 것. 넷째, 도학을 밝혀 사람의 마음을 바로잡을 것. 다섯째, 심복이 되는 대신을 두어 눈과 귀를 통하게 할 것. 여섯째, 수양과 반성을 정성스럽게 하여 하늘의 뜻을 이어받을 것 등으로 낱낱이 밝히고 있다.

이같이 「무진육조소」는 당대의 정치 상황에 대한 퇴계 자신의 해법을 담은 글이다. 처음부터 끝까지 오직 군주를 위한 해법을 담고 있는 까닭에 가히 제왕학이라 보아도 틀림없다.

요컨대 퇴계는 국가 경영에서 가장 중요한 건 성군聖君, 곧 리더라고 보았다. 임금이 성군으로의 학문과 덕성을 이뤄 나라를 다스리는 것이라고 믿었다. 따라서 「무진육조소」는 성리학의 이념에 기반하여 군주가 갖추어야 할 학문과 덕성을 제시하고, 그것을 군주가 구현해나가기 위하여 어떻게 해야 하는지를 조목조목 상세히 설명하고 있다.

『성학십도』, 어린 군왕 선조에게 바치다

『성학십도』 또한 68세의 노학자가 이제 막 즉위(1568)한 16세의 어린 군주가 성군이 되기를 바라며 지은 책이다. 비교적 두툼하지 않은 소책자다. 어린 군주는 이후 42년 동안이나 왕위를 지키며 임진왜란(1592)과 정유재란(1597)을 치르는 선조(14대)였으며, 노학자는 다름아닌 큰 선비 퇴계였다.

퇴계는 이제 막 즉위한 어린 임금을 위해 짧은 기간에도 아홉 차례나 경연의 자리에 직접 참여한 데 이어, 국정운영의 전반적인 원칙과 방향에 대해 폭넓은 견해와 해법을 밝히는 「무진육조소」까지 지어 올렸다. 하지만 어린 임금은 퇴계의 기대에 미치지 못한 듯했다.

신이 삼가 생각하옵건대, 당초 상소문을 올려 학문을 논했던 말들이 이미 전하의 뜻을 감발感發시키지 못하였으며, 그 후 입대入對하여 경연에서 거듭 드렸던 말들도 전하의 총명예지에 도움을 드릴 수 없었던 같습니다….

그럼에도 이미 노쇠한 퇴계 자신이 현실정치에 직접 참여하기엔 세월이 허락지 않는다는 걸 고려치 않을 수 없었다. 때문에 향리로 떠나기 전에 「무진육조소」에 이어 제왕의 길을 밝혀주는 두 번째 글이 곧 『성학십도』였다.

『성학십도』에서 성학聖學이란 어진 군주, 곧 성인이 되기 위해 배우는 학문을 일컫는다. 임금을 성인으로 만들기 위한 제왕의 학문이란 뜻이다.

『성학십도』는 성학의 요체를 일목요연하게 밝혀주는 열 개의 그림을 넣고 상세한 해설을 곁들여 정리한 책으로, 노학자 퇴계의 이론 학습과 덕성 함양의 학문이 체계적으로 집약되어 있다. 가히 성군聖君이 되기 위한 배움의 모든 것을 담고 있는 책이라 하여도 모자람이 없는, 퇴계의 대표 저서로 일컬어진다.

그러나 『성학십도』에는 앞서 지어올린 「무진육조소」와 달리 현실정치 와 직접 관련된 내용은 일절 담겨 있지 않다. 우주 생성의 원리와 인간 심성 의 구조를 기반으로, 인간이 마땅히 따라야 할 도리와 그에 관한 공부를 비롯하여 수양에 대한 방법을 모두 열 개 항목으로 정리하고 있다.

이처럼 우주의 본체와 그 발생으로부터 설명해 나가는 이러한 방식은 주자와 여조겸呂祖謙이 펴낸 『근사록近思錄』의 체제를 따른다. 다만 『근사록近思錄』이 현실정치의 본질과 방법 등에 관한 내용의 상당 부분을 후반부에 배치하고 있는 데 반해, 퇴계의 『성학십도』는 현실정치와 관련된 내용을 일절 담지 않은 수양론으로 한정하고 있다.

전체 10장으로 구성되어 있는 『성학십도』는 장마다 한 장의 그림과 그림에 관련된 성현의 글과 그리 길지 않은 퇴계의 짤막한 추가 해설을 곁들인다. 한데 퇴계의 짤막한 추가 해설을 제외하고 나면, 대부분의 글과 그림은 옛 성현의 것을 그대로 인용하여 배열한 것이다. 따라서 퇴계가 『성학십도』에서 전하고자 하는 의도를 알려면, 각 장의 내용을 살펴보는 것도 중요하나 먼저 책의 전체 구성과 뜻을 파악해야만 한다.

우선 『성학십도』의 열 개 장은 다시금 크게 전반부와 후반부로 나뉜다.

전반부인 1장에서 5장까지는 '하늘의 뜻天道을 근본으로 하되, 그 성과는 곧 인륜을 밝히고 덕성에 힘쓰는 데 있다'로 요약된다. 후반부인 6장에서 10장까지는 '심성心性을 근원으로 하되, 그 핵심은 곧 일상에서 힘써 공부하고 경외하는 마음을 키우는 데 있다'고 정리한다.

퇴계는 이와 같이 성학의 기반이 되는 핵심 이론을 곧 하늘의 뜻과 심성에 있는 것이라 파악하고, 이를 1장과 2장, 6장과 7장에서 각기 상세히 설명해나간다. 또한 그것을 체득하는 방법으로 3장에서 5장, 8장에서 10장까지의 내용에서 각기 풀이하고 있다.

퇴계가 『성학십도』를 지어 올리게 된 목적이 곧 현실정치의 중심이라 일컬을 수 있는 군주의 공부와 수양에 있음을 알 수 있다. 『성학십도』를 지어 올리는 서장에서 이미 그렇게 천명하고 있는 셈이다.

무릇 성인이 되기 위한 학문인 성학에는 커다란 실마리가 있고, 마음을 수양하는 심법心法에는 지극한 요령이 있습니다. 이것을 드러내어 그림으로 만들고, 그림에 해설을 붙여 사람에게 도에 이르는 문과 덕을 쌓는 기초를 보여주는 것은 역시 후대의 현인들이 부득이했던 것입니다.

임금의 한마음은 온갖 일이 말미암는 곳이요, 수많은 책임이 모이는 곳이며, 또한 수많은 욕구가 서로 공격하고 수많은 사특함이 번갈아 뚫고 들어오는 곳이기도 합니다. 따라서 한 번이라도 임금의 마음이 태만하고 소홀하여 방종으로 이어진다면, 태산이 무너지고 바닷물이 휩쓸어가듯이 될 것이니 어찌 그것을 누가 막을 수가 있겠습니까?

옛날의 성군과 현명한 왕들은 이를 걱정하여 항상 삼가고, 두려워하는 마음으로 하루하루를 지내면서도, 여전히 부족하다고 생각하였습니다. 그리하여 스승을 만드는 관직을 세우고, 간쟁하는 직책을 두었으며, 전후좌우로 임금을 모시는 직

책까지 두었습니다. 수레를 탈 때는 무술에 뛰어난 호위병이 지켰고, 조참 때에도 벼슬아치 가운데 가장 지위가 높은 이의 가르침이 있었습니다….

퇴계는 이처럼 현실정치의 요체란 곧 그 중심이라고 볼 수 있는 군주, 그 중에서도 '주리主理'가 자리 잡고 있는 군주의 마음을 어떻게 보존하고 키우며 또한 성찰하는가에 달려 있다고 보았다. 때문에 퇴계는『성학십도』를 통해서 군주가 그렇게 될 수 있기를 기대하고 소망했다. 한순간에도 흐트러짐이 없는 경외하는 자세로, 세상의 보편적인 원리이자 도덕규범인 주리를 온전히 보존하는 데 집중하여, 또한 그것이 세상에 온전히 확산되도록 하는 것이 가장 이상적인 성인, 곧 성군의 현실정치라고, 제왕의 길을 제시한 것이었다.

4장

밖에
매화꽃은 피었더냐?

퇴계의 사랑, 기생 두향

한 사람의 인물을 평가할 때 사생활은 빼놓을 수 없는 요소가 된다. 예나 지금이나 중요한 저울대로 삼는다. 특히 권력을 가진 남성일 경우 여성 문제는 단순한 호기심의 차원을 넘는다. 다른 건 다 좋은데 딱 한 가지 이 고비를 넘지 못한 경우를 흔히 목격하곤 한다. 권력을 가진 남성에게 여성 문제는 그만큼 간단치 않다는 얘기다.

퇴계도 자유롭지는 못했다. 평생 고매한 선비의 인격으로 살았다는 그도 비켜가진 못했던 것 같다. 바늘 가는데 실 따라 간다고, 그의 사생활에도 도마 위에 오른 여성이 있었다. 기생 두향杜香이었다.

퇴계는 정미사화가 끝난 뒤 여러 번에 걸쳐 사직 또

는 지방 수령으로 임명해 줄 것을 임금에게 간청했으나 받아들여지지 않았다. 결국 명종 3년(1548년) 단양 군수에 제수되었다.

마침내 조정에서 비켜나 외직으로 나가게 된 그는 이때 홀몸이었다. 그럴 때 두향이라는 관기官妓를 알게 된다.

그녀의 나이는 18세였다. 어린 나이에 혼인하였으나 몇 달 만에 남편이 죽자 다시 관기로 복귀했다.

전해지는 바로는 그녀가 시문과 거문고에 제법 능했다고 한다. 무엇보다 매화를 좋아한다는 공통점이 퇴계의 눈길을 끌기에 충분했다. 두향 또한 첫눈에 퇴계의 인품에 그만 흠씬 빠져들었던 것 같다.

퇴계와 두향은 급속도로 가까워졌다. 시간이 날 때면 단양의 남한강 명승지를 두루 돌아다니며 시문을 주고받으며 사랑을 싹틔웠다.

퇴계는 지지리도 부인복이 없었던 것 같다. 첫째 부인 허씨는 산후통으로 일찍 죽었고, 둘째 부인 권씨는 정신이상자였다. 그 권씨 부인마저 두 해 전에 이미 작고한

데다 단양 군수로 부임해오기 한 달 전엔 아들마저 세상을 떴다.

이런 퇴계에게 한 떨기 설중매 같은 두향은 큰 위안이 되었다. 둘의 사랑은 깊어만 갔다.

그러나 하늘이 시샘이라도 한 걸까? 둘의 사랑에는 겨우 9개월 만에 이별이 찾아왔다. 퇴계의 형인 이해가 충청도 관찰사(종2품)로 부임해오면서 상피相避제도에 따르지 않으면 안 되었다. 퇴계가 경상도 풍기 군수로 자리를 옮겨가야 했다.

짧은 사랑 뒤에 갑자기 찾아온 이별은 견딜 수 없는 충격이었다. 이별을 앞둔 마지막 날 밤, 둘은 밤이 깊도록 말없이 마주보고 앉았다.

"내일이면 떠나야 한다. 기약이 없으니 가슴 아플 따름이로구나."

이윽고 퇴계가 무거운 입을 열었다. 두향은 아무런 말도 없이 먹을 갈았다. 붓을 들어 시 한 수를 지었다.

이별이 하도 설워 잔 들고 슬피 울제

어느덧 술 다 하고 님마저 가시는구려
꽃 지고 새 우는 이 봄날을 나는 어이할고

이튿날 퇴계가 단양을 떠날 때 그의 짐 속엔 수석 두 개와 매화 분매 한 개가 들어 있었다. 두향이 퇴계에게 마지막으로 건넨 것이었다.

퇴계가 매화를 그토록 아꼈던 건 이때부터라고 한다. 평생 매화를 가까이 두고 두향을 바라보듯 애지중지했다는 것이다.

그래서인지 단양을 떠난 퇴계 훗날 성균관 대사성(정3품)으로 부임하던 해에 두향에게 시를 지어 보낸다.

누렇게 바랜 옛 책 속의 성현을 대하며
텅 빈 방 안에 홀로 초연히 앉았노라
매화 핀 창가에서 봄소식 다시 보니
거문고 마주앉아 줄 끊겼다 한탄하지 말라

한편 두향은 퇴계가 단양을 떠나자 관아를 찾아갔다.

자신의 퇴적계를 제출했다. 퇴계를 사모하는 몸으로 신임 사또에게 수청을 들 수 없다며 기적에서 자신의 이름을 빼어달라고 간청했다.

그 뒤 두향은 퇴계와 자주 찾았던 남한강변의 강선대降仙臺가 내려다보이는 언덕에 초막을 지었다. 그곳에서 은둔생활을 하며 평생 퇴계를 그리며 살았다.

그렇게 세월은 무람없이 흘러갔다. 20여 년이나 속절없이 지나가고만 어느 날 안동의 도산서당에 머물고 있는 퇴계에게 그녀가 난초를 보내왔다. 자신이 단양에서 두향과 함께 기르던 난초임을 알아본 퇴계는, 밤새 잠을 이루지 못했다. 이튿날 날이 밝자 자신이 평소 마시던 우물물을 손수 길어 단양의 두향에게 보냈다.

퇴계가 보내온 우물물을 받은 두향은 차마 마실 수 없었다. 새벽이면 일찍 일어나 퇴계의 건강을 기원하는 정화수로 소중히 다루었다.

한데 어느 날 정화수가 빛깔이 변해 있는 걸 보고 놀랐다. 퇴계가 세상을 하직했음을 직감한 두향은 소복 차림으로 단양에서 머나먼 안동까지 나흘을 걸어가 돌아가신

님을 먼발치에서나마 뵈었다. 한 사람이 죽어서야 둘은 다시 만날 수 있었다.

단양의 초막으로 돌아온 두향은 퇴계의 빈소를 차리고 삼년상을 꼬박 치렀다. 마침내 삼년상이 끝나던 날 그녀도 퇴계의 뒤를 따른다. 강선대에 올라가 거문고로 초혼가를 탄 뒤 남한강에 뛰어들어 죽었다는 설이 있는가 하면, 독초로 차를 끓여 마시고 스스로 죽었다는 설도 있다. 확실한 건 강선대 강변에 묻어달라는 유언을 남겼다는 것이다.

두향이 죽은 뒤 훗날 영의정에 오른, 퇴계의 제자 이산해는 해마다 기일이 되면 그녀의 제사를 지내주었다. 오늘날에도 퇴계의 후손들과 그를 추종하는 문도들은 퇴계의 제례를 치르고 나면 단양의 강선대와 그곳에 잠든 두향의 묘소를 참배한다고 한다. 그녀는 퇴계의 후손들이 해마다 제향祭享을 받드는 퇴계가의 여인으로 남게 되었다.

퇴계의 시, 매화

참 매화 심은 지 아마 몇 해이런가

소쇄한 바람연기 작은 창 앞이로세

어제 온 향운香雲에 갓 놀라기 시작해서

모든 꽃이 그만 기가 꺾여 움츠려드네

매화梅花는 놀랍게도 정월의 혹한과 눈보라 속에서 꽃망울을 맺는다. 2월이면 추위 속에서도 어김없이 순백의 꽃잎을 피워낸다. 그 모습이 마치 온갖 역경 속에서도 지조를 지켜내는 고매한 선비의 인격과 닮았다 해서 사대부의 꽃으로 일컬어졌다. 매화는 조선시대에 사대부들로부터 사랑을 듬뿍 받은 꽃나무였다.

퇴계는 이런 매화를 좋아했다. 수많은 꽃나무 중에서도 유난히 매화를 아꼈었다. 조선시대 사대부 가운데 그만큼 매화를 좋아했던 선비도 딴은 또 없었다. 생전에 그가 매화를 보고 남긴 시만 하여도 107수에 헤아렸다. 율곡이 평생 지어 남긴 시가 모두 100여 수에 달하는 걸 보면, 퇴계의 매화 사랑이 어느 정도인지 짐작이 간다. 위의 시도 그가 몸이 아파 병석에 홀로 누워있을 때 창가에 하얗게 피어오른 한 떨기 매화꽃을 보고서 그 감흥을 남긴 것이다. 매화를 보고 그가 지은 시 한 편을 더 본다.

나 홀로 산창에 기대서니 밤이 차가운데

매화나무 가지 끝엔 둥근 달이 차오르네

구태여 부르지 않았어도 산들바람도 이니

맑은 향기 절로 뜨락에 가득 차네

아무래도 내 전생은 밝은 달이었지

몇 생애나 더 닦아야 매화가 될까

퇴계는 50대 이후 거듭되는 왕명에도 불구하고 한사코 벼슬을 사양한 채 안동의 도산서당에 은거했다. 오직 저술과 강학에 힘써온 터였다.

한데 67세 되던 해(1567)에 명나라 조사詔使를 접빈하기 위해선 퇴계와 같은 원로 학자가 있어야 한다는 조정의 계청을 차마 외면할 순 없었다. 노구를 이끌고 상경해야 했다.

한데 갑작스레 명종(13대)이 승하하면서 명종의 행장을 짓고, 예조판서에 제수되었다. 그러나 인산(임금의 장례)도 보지 않은 채 곧바로 귀향하고 말았다.

다음 해인 68세 때 퇴계는 마지막 상경 길에 올랐다. 새 임금으로 16세의 어린 선조(14대)가 등극하면서 이조판서에 제수되었기 때문이다. 더욱이 어린 선조는 그를 중용하여 사부師傅로 삼고자 했다.

그러나 퇴계는 당대의 정치 상황에 대한 해법을 담은 「무진육조소戊辰六條疏」와 임금의 마음가짐을 설명하는 『성학십도』를 연이어 지어올린 뒤, 홀연히 향리로 발걸음을 돌렸다. 자신의 시대는 이미 지나갔으며, 이제부터는 자신의 후진들에 의해 이끌어질 것을 알았기 때문이다. 그의 이상은 남은 정치에서가 아니라 만년의 교육에 있음을 절감하고 있었던 까닭에서다.

결국 낙향을 주청한 끝에 끝내 선조로부터 사직을 윤허받기에 이른다. 귀향을 윤허받고 그가 가장 먼저 한 일은 집에서 기르던 분매盆梅와 작별을 시를 주고받는 것이었다.

그대는 고맙게도 외로운 나의 벗이 되어
객지 생활 외로울 때에도 꿈속은 향기로웠네
머나먼 귀향길에 함께 가지 못해 한스럽지만
서울 티끌 속에서도 고은 이 모습 고이 간직하게

이 분매는 퇴계가 갑자기 어명을 받고서 8개월여 전에 한성으로 올라왔을 때 매화를 좋아하는 스승이 객지에서의 적적함을 달래실 수 있도록 제자 김취려가 선물한 것이었다. 하지만 선조의 마음이 혹여 바뀔까 봐 사직 윤허를 받자마자 귀향을 서둘렀다. 애지중지하던 매분을 가져갈 경황이 없었다.

퇴계는 귀향한 뒤에도 한성에 두고 온 분매를 잊지 못

했다. 그 소식이 한성에까지 들렸던 모양이다. 그의 제자인 고봉高峰 기대승이 분매를 찾아 김취려에게 전해줘 돌려드리도록 했다. 이듬해 김취려가 퇴계의 손자 이안도를 통해 그가 은거하고 있는 도산으로 보내왔다. 퇴계는 거의 1년여 만에 다시 상봉하게 된 분매를 보고 시를 짓는다.

일만 겹의 붉고 화려한 티끌에서 벗어나
속세 밖으로 와 늙고 여윈 내 벗이 되었구려
분주하기만 한 그대가 나를 생각하지 않았다면
어찌 해마다 빙설같은 그대 얼굴 다시 볼 수 있으리오

이 시는 퇴계가 생애에서 마지막으로 지은 매화 시다. 그의 매화 시집인 「매화시첩」에도 맨 끝에 실려 있다.

그 해(1570) 동짓달 여드렛날, 마침내 생애 마지막 순간이 다가왔다. 퇴계는 숨을 거두기 직전에 생애 마지막으로 입을 열었다. "바깥에 매화꽃은 피었느냐"라고 묻는다. 그가 숨을 거두기 직전에 언급한 매화란 다름 아닌 바로 그 분매를 일컬었다.

퇴계는 평소 자신을 천석고황泉石膏肓에 걸린 사람이라고 했다. 산수를 좋아하는 것이 지나쳐 마치 불치의 고질병처럼 깊다는 뜻이다. 그도 마찬가지였으나 옛 선비들이 벼슬을 사양할 때면 흔히 천석고황을 핑계로 삼았다. 당나라 고종의 사부인 전유암이 조정으로의 출사를 여러 차례 명하였는데도 거듭 고사하며 "자연을 사랑하는 마음이 마치 고질병처럼 깊다"라고 한 말에서 연유한 것이다.

'밖에 매화꽃은 피었더냐?'

퇴계는 70세가 되던 해(1570) 섣달 초여드렛날에 세상을 떴다. 세상을 뜨기 불과 한 달여 전까지만 해도 그는 자신이 세운 사학 도산서원에서 제자들에게 강학을 했을 정도였다. 때마침 가묘家廟에 제사지내는 시향時享이 있어 집으로 돌아와야 했다.

한데 종가에 머물 때 처음으로 기침을 하고 콧물이 나는 한질을 느꼈다. 제자들이 제사에 참예하지 않기를 바랐으나, 이미 늙었으니 제사 모실 날도 얼마 남지 않았다며 거부했다. 쇠잔한 몸으로 신줏단지를 받들고 제물을 올리는 일도 마다하지 않았다.

사흘 뒤에는 일기 쓰는 붓질조차 할 수 없었다. 다시 사흘 뒤에는 병세가 아주 위중해졌다.

이때 기대승이 인편으로 문안 편지를 보내오자, 병석에 누운 채 답장에 임했다. 「치지격물설致知格物說」에 대한 이론까지 수정하여 자식들에게 바르게 쓰게 한 뒤 부치게 했다. 대학자로서 마지막까지 자신의 견해에 책임을 지고 진리를 밝히는 엄중한 태도를 보였다.

동짓달에서 달이 바뀌어 섣달에 접어들자, 이미 자신의 목숨이 얼마 남지 않았음을 알고는 죽음을 맞이할 준비에 들어갔다. 먼저 다른 사람에게서 빌려온 서적들을 자식에게 일러 빠짐없이 돌려보내게 했다. 이때 큰아들 이준李寯이 봉화 현감(종6품)에 제수되자 경상도 관찰사(종2품)에게 사직을 청하는 글을 올리도록 하고, 집안사람들이 기도하는 것을 일절 금지했다. 자신을 위해 기도하지 말라고 일렀던 건 천명에 순종하여 받아들인다는 뜻에서였다.

섣달 4일에는 형님의 아들인 조카 이녕李寧에게 생전에 마지막 당부가 될 자신의 유계를 받아 적도록 했다. 그는 유계를 통해 조정에서 내려주는 예장禮葬을 하지 말라는 것과 큰 비석을 세우지 말 것을 당부했다. 작은 돌에다 전면에는 자신이 미리 써둔 '퇴도만은진성이공지묘退陶晩隱眞城李公之墓'의 단 열 글자만을 새기고, 뒷면에 넣을 명문銘文 또한 과장하여 서술하지 않도록 자신이 미리 써둔 초고를 바탕으로 할 것을 부탁했다.

그밖에도 장례 때 조문 오는 손님에게 술로 접대하지 말 것을 당부했다. 다만 손님이 가지고 온 술을 손님에게 내놓지 않으면 곤란하니 먼 곳에서 일부러 술과 과일을 가지고 온 손님에겐 각기 상을 차려 대접하라고 일렀다.

이에 대해 제자가 물었다. 상례나 제사 때 술과 밥을 차려 손님을 접대하는 것은 오래된 풍속임을 들어 질문하자, 퇴계는 상례 때 술과 밥을 차리는 것은 예절에 어긋난다고 강조했다. 송나라 진순陳淳의 예를 들며, 밥과 국수만을 대접하고 술은 일절 대접하지 않는 것이 예법에 맞는 것임을 재차 강조했다.

오후 들어 여러 제자가 찾아와 스승을 마지막으로 뵙길 청했다. 그러자 자제들이 그만두기를 청했으나, 퇴계는 거부했다. "죽고 사는 마지막 갈림길에서 안 볼 수는 없는 일이다"라고 하며, 웃옷을 덮게 한 뒤 여러 제자를 불러 영결했다.

이튿날이 되자, 자신의 시신을 염습할 수기壽器를 어서 준비하도록 지시했다. 또한 곁에 있던 조카 이녕에게 물었다. 양사(사헌부와 사간원)에서 을사사화(1545)의 공훈을 깎아내리자고 상소한 일이 어떻게 되었는지 궁금해했다. 조카가 아직도 "윤허하시지 않았다"라고 말씀드리자, 과연 "결말이 어떻게 될지 알 수 없는 일이다"라며 거듭 탄식했다. 죽는 순간까지 나랏일을 걱정하는 모습을 보였다.

이윽고 최후의 순간이 다가왔다. 8일 아침, 퇴계는 주위 사람들에게 "밖에 매화꽃은 피었느냐?"라고 나직이 물었다.

퇴계는 수많은 꽃나무 가운데서도 평생 유난히 매화꽃을 아꼈었다. 그가 매화꽃을 보고 남긴 시문만도 107수에 달할뿐더러, 따로 「매화시첩」을 편찬하기도 했었다.

하지만 섣달이었던 만큼 아직 매화꽃이 필 시기가 아니었는데도, 매화 가지마다 하얗게 내려 쌓인 눈꽃이 마치 흰 매화꽃처럼 보여 "예, 바깥에 매화꽃이 피었습니다" 라고 대답해드렸다. 그러자 퇴계는 "매화꽃에 물을 주어라"라고 일렀다. 이는 퇴계가 세상에 남긴 마지막 말이었다.

이날은 한겨울임에도 종일 볕이 따뜻하고 밝았다. 저녁 즈음에 이르자 돌연 짙은 구름이 모여들더니, 이내 흰 눈이 펑펑 내려 소복이 쌓이기 시작했다. 조금 뒤 퇴계가 더듬더듬 입을 열었다. 자리를 정돈하라고 해 부축하여 일으켜 앉히자, 부축하여 앉은 채로 눈을 감았다. 고고한 지조를 지켜 절개를 상징하는 매화꽃과도 같이 살았던 퇴계가 운명하던 순간이었다.

퇴계의 비보를 접하자, 율곡은 못내 슬퍼했다. "용과 호랑이가 없어지고 큰 별景星이 빛을 감추었다"라며, 죽은 퇴계를 추모하는 「제문祭文」을 지어 바쳤다.

시귀蓍龜(큰 인물을 뜻함)가 이미 없어지고 어버이가 이미 별세하였으며, 용과 호랑이가 없어지고 큰 별이 빛을 감추었습니다. 임금은 허둥대지만 누가 있어 그 결점을 도와드리며, 갓

난아이(백성을 뜻함)가 슬피 우나 누가 있어 어려움에 빠진 이를 구하겠습니까. 이변과 괴상한 일이 여러 가지로 나타나니, 누가 있어 엄밀한 방비책을 마련하며. 어두운 상황이 긴 밤처럼 끝없이 흐르고 있으니, 누가 있어 가을 햇살 같은 밝은 빛을 쪼여주겠습니까.

공公이 태어나심은 세상에 드문 기운이 모인 것이니 따뜻하기가 옥과 같고, 정수함은 그 용모에 나타났습니다. 뜻은 밝은 해를 꿰뚫었고, 행실은 맑기가 가을 물이셨습니다. 선을 즐기고 의를 좋아하셨으며, 타인과 나 사이에 따로 구별하는 것이 없었습니다. 겸허히 일상적인 공부下學를 하고, 심오하게 사색하고 정밀하게 연구하였으며, 아주 미세한 이치까지 분석하여 유심幽深과 현묘玄妙한 근본까지 환히 해득하시었습니다. 서로 다른 여러 학설과 해석을 달리하는 크고 작은 이론들을 절충하여 하나로 모으며, 자양紫陽(주자를 뜻함)을 스승으로 삼으셨습니다.

급류와 같은 시국에도 휩쓸리지 아니하고 용감하게 물러나 사람들에게서 빠져나와, 산속에서 도를 지키시며 부귀를 마치 뜬구름처럼 여기셨습니다. 덕행이 나라에 있어서도 반드시 통달하니, 아름다운 명성이 성대했습니다. 임금님은 마음을 비운 채 기다리시며, 총애하시는 명을 계속 내리셨으나, 공은 오직 은거하시며 그 마음이 확고하게 흔들리지 않으셨습니다.

은거하시는 도산陶山을 그림으로 그리어 대궐에 높이 걸어 두시니 뒤 이으신 임금님께서도 자리를 편안히 못하시고 목마른 사람이 물을 찾듯 하셨습니다.

상서로운 봉황이 올라와 춤을 추니 경연의 자리가 온통 광채가 났으며, 『성학십도』로 임금님을 계발하여 은미한 본체(성리학의 근본)를 탐색하고 밝히셨습니다.

세상에서 우러러봄이 날로 융성해졌으나, 더욱 낮은 곳으로 공손하게 물러나셨습니다. 세 번의 소장疏章으로 대궐을 물러나 미련 없이 낙향하셨습니다. 오직 벼슬에 나아가시고 물러가심에 나라의 안위가 매여 있었으나, 적막한 물가에 찾아와 옷의 앞자락 들어 올리며 공경을 표시하는 선비셨습니다.

미묘한 이치의 말들을 밝게 드러내어 밝은 빛이 영원토록 새로울 것이며, 벼슬에 나아가 백성을 윤택하게 하지는 못하였지만 물러나 학문으로 후학을 열어주셨습니다.

소자小子는 학문의 바른 길을 잃고 눈이 어두워 방향을

잡지 못했습니다. 그리하여 사나운 말이 가로 치달리고, 가시는 찌르며, 길은 거친 형국이었을 때 회거개철回車改轍(앞 일을 변경 개정하는 의미)하였음은 공께서 진실로 계발하여 주신 것입니다.

시작은 하였으나 끝을 이루지 못하였기에, 저의 멸렬함을 슬퍼하셨습니다. 책궤를 짊어지고 찾아가 배우면 거의 학업을 끝마칠 수 있으리라 스스로 생각하였더니 무심한 하늘이 남겨두시지 않아 지혜로운 위인께서 돌연 돌아가셨습니다….

율곡은 이때 35세였다. 퇴계의 부음을 전해 들었을 땐 그도 조정을 떠난 뒤였다. 홍문관 교리(정5품)였던 그는 퇴계도 마지막 순간까지 관심을 보였던, 을사사화를 일으킨 위사공신들을 비판하는 상소를 선조에게 올렸다 받아들여지지 않자, 두 달여 전부터 벼슬을 내려놓고 처가가 있는 황해도 해주에 머물고 있었다.

때문에 조정에 매인 몸도 아니었다. 야인으로 한껏 자유로운 신분이었다. 움직이는 데 아무런 제약도 받고 있지 않았다.

따라서 퇴계의 상가에 당연히 모습을 드러냈을 것이라고 생각되었다. 둘의 관계로 보나, 「제문」의 구구절절한 애도를 보더라도 충분히 그럴만하다고 믿어졌다.

그러나 율곡은 퇴계의 상가에 끝내 내려가지 않았다. 조금은 뜻밖이 아닐 수 없다. 아니다. 내려갈 수 있는 처지가 되지 못했다. 퇴계의 부음에 "슬픔이 다른 이보다 백배 더하여 정신은 남쪽(퇴계의 상가)으로 날아갔으나, 몸은 침상에 있다"라고 고백하고 있다. 몸에 고질병이 있어 차마 달려가서 곡할 수 없음을 애통해했다. 다만 퇴계 사후 「제문」에 이어 「유사遺事」, 그리고 「제사 드리는 글」을 연이어 정중히 올렸을 따름이다.

『조선왕조실록』에 비친 퇴계의 졸기

한 인물에 대해 "역사가 심판할 것이다"라는 말처럼 엄중한 말이 또 있을까? 더욱이 그가 죽은 뒤에 사후 평가가 기록으로 남겨져 청사에 길이 전하게 된다면 얼마나 엄중한 일일 것인가? 그 같은 엄중함을 생각한다면 생전에 자신의 행동이 조심스러워질 뿐 아니라, 하루하루를 허투루 보낼 수 없는 일이다. 자신의 사후에 이름처럼 불려 남겨질 역사적 평가를 의식하지 않을 수 없는 까닭에서다. 이처럼 역사의 엄중함을 깨달아 자신의 행동을 뒤돌아보게 하는 게 『조선왕조실록』의 졸기卒記였다. 역사 인물에 대한 사후 평가였던 셈이다.

퇴계와 율곡 또한 다르지 않았다. 이들이 죽은 이후 『

조선왕조실록』에 어김없이 졸기가 기록되어 지금껏 전해지고 있다.

먼저 『조선왕조실록』에 등재되어 있는 퇴계에 관한 졸기다.

숭정대부崇政大夫 판중추부사(종1품) 이황이 졸하였다. 그를 영의정에 추증하도록 명하고, 부의賻儀와 장제葬祭를 예에 따라 내렸다.

이황이 향리로 돌아가 누차 상소하여 자신이 연로하므로 치사致仕할 것을 빌었으나 임금은 허락하지 않았다. 이때 병이 들었는데 아들 준에게 "내가 죽으면 해조該曺가 틀림없이 관례에 따라 예장을 하도록 청할 것인데, 너는 모름지기 나의 유령이라 칭하고 상소를 올려 끝까지 사양하라. 그리고 묘도에도 비갈碑碣을 세우지 말고 작은 돌의 전면에 '퇴도만은진성이공지묘退陶晩隱眞城李公之墓'라고 쓰고, 후면에는 내가 지어 둔 명문銘文을 새겨라"라고 일렀다. 그로부터 며칠 후에 죽었다. 아들 준이 두 번이나 상소하여 예장을 사양하였으나, 임금은 허락하지 않았다.

이황은 이미 늙었고, 재지才智가 큰일을 담당하기에는 부족하며, 또 세상이 쇠퇴하고 풍속도 야박하여 위아래에 믿을 만한 사람이 없어 유자儒者가 무엇을 하기에는 어렵겠다고 여겨, 총록寵祿을 굳이 사양하고 기어이 물러가고야 말았다. 임금은 그의 죽음을 전해 듣고 슬퍼하여 증직贈職과 제례를 더욱 후하게 내렸으며, 장례에 모인 성균관 유생과 제자들이 수백 명에 달하였다.

이황은 겸양하는 뜻에서 감히 작자作者로 자처하지 않아 내로라할만한 특별한 저서는 없었다. 하지만 학문을 강론하고 수응酬應한 것을 붓으로 쓰기 시작하여 성훈聖訓을 밝히고 이단을 분별했는데, 논리가 정연하고 명백하여 학자들이 믿고 따랐다.

중국에서 매양 도학이 전통을 잃어 육구연陸九淵, 왕수인王守仁 등의 치우친 학설들이 성행하고 있는 것을 슬프게 여겨 그 그름을 배격하기에 극언極言과 갈론渴論을 아끼지 않았다. 우리나라에서도 근대에 화담花潭 서경덕의 학설이 기氣를 이理로 오인한 병통이 있었는데도, 그를 전술하는 학자가 많아 이황은 그 점을 밝히는 저술도 썼다.

이황이 편집한 책으로는 『이학통록理學通錄』과 『주자절요朱子節要』가 있다. 그밖에도 그의 문집이 세상에 전해지는데, 세상에서는 그를 퇴계 선생이라 일컫는다.

논자들에 따르면, 이황은 이 세상의 유종儒宗으로서 조광조 이후 그와 겨룰 자가 없으니 이황이 재주나 기국器局에 있어서는 조광조에 미치지 못하지만, 의리를 깊이 파고들어 정미한 경지까지 이른 것은 조광조가 미치지 못한다고 한다….

퇴계에 대한 율곡의 평가

퇴계에 대한 율곡의 평가는 언제 어느 때나 깍듯하고 존숭했다. 퇴계가 타계할 때까지 두 사람은 10년 넘도록 지속적인 관계를 유지하고 있었으나, 율곡은 퇴계에게 시종 스승으로 높이는 예를 잊지 않았다. 율곡은 퇴계가 죽었을 때 그가 남긴 업적의 「유사遺事」에서도 이렇게 평가하고 있다.

선생은 성품과 도량이 따뜻하고 깨끗하기가 옥과 같으셨습니다. 일찍이 성리학에 뜻을 두어 젊어서 급제하여 발신하였으나, 벼슬살이를 즐겨하지는 않으셨습니다.

을사사화 때 이기李芑라는 이가 그의 명망을 시기하여 관

작을 삭탈하기를 주청하였으나, 많은 사람이 누명을 쓴 것이라며 나섰습니다. 이기는 다시 복직하기를 아뢸 수밖에 없었습니다. 선생은 간신의 무리가 권세를 잡는 것을 보고는 더욱 조정에 나설 뜻이 없어, 벼슬이 제수되었음에도 한사코 나아가지 않음이 많으셨습니다. 명종은 선생이 몸을 깨끗이 지켜 벼슬에서 물러서는 것을 가상히 여겨 여러 번 품계를 올려 자헌대부(정2품)에 이르시게 되었습니다.

선생은 예안(지금의 안동)에 터를 잡고 스스로'퇴계'라 호를 삼으셨습니다. 의식은 겨우 족하였으나 늘 담박하였고, 세리勢利와 분화紛華함을 마치 뜬구름같이 보셨습니다. 만년에 도산에 집을 지으니, 자못 선비가 숨어 사는 임천林泉의 흥취가 있었습니다.

명종 말년에 다시 여러 번 소명이 있었으나, 굳이 사양하고 나아가지 않으니 명종은 '어진 이는 불러도 오지 않는다'는 초현부지招賢不至라는 제목으로 가까운 신하에게 글을 짓도록 명하고, 또한 화공에게 명하여 선생이 사는 도산을 그려 바치게 하였으니 명종의 선생을 경모함이 이와 같았습니다.

선생의 학문은 의리가 정밀하여 한결같이 주자의 가르침을 따르셨습니다. 또한 여러 학설의 다르고 같음에 대해서도 역시 분명하게 알고 자세하게 밝히되, 주자에게로 절충하지 않은 것이 없으셨습니다.

한가로운 곳에 사시면서 전적典籍밖에 다른 것은 가슴에 남겨두지 않으신 채 때로는 시냇가와 수석水石 사이를 소요하며, 성정性情을 읊으므로 맑은 흥취 속에 묻혀 사셨습니다. 배우는 이들의 물음이 있으면 언제나 얻은 바를 모두 다 말하되, 따르는 무리를 모아 스스로 사도師道로 자처하지도 않으셨습니다.

일상생활에서도 잘난 체하는 법이 없이 남보다 조금도 나은 것이 없는 듯하셨습니다. 또한 나아가고 물러감에 있어서나 사양하고 받는 것에도 털끝만큼도 어긋남이 없어서 남이 물건을 보내면 옳지 않은 것은 끝내 받지 않으셨습니다.

지금의 임금(선조)이 처음 즉위하여 조야가 모두 참된 정치를 크게 바라게 되었을 때, 선비들의 의론이 모두가 선생이 아니면 성덕을 성취할 수 없다고 생각하였습니다. 임금의 뜻도 또한 그러하였습니다.

그러나 선생께서 보시기에 세태는 쇠락하고 풍속은 말세인지라 선비가 일을 하기에 어려운 데다, 임금의 정치를 구하는 마음은 정성스럽지 않고 대신들도 학식이 부족하여 무엇 하나 시도해볼 것이 없으셨습니다. 그래서 벼슬과 녹을 간곡히 사양하며 기필코 물러나고자 하셨던 것입니다.

도산으로 돌아와서는 시정時政을 언급치 않았으나 그럴수록 민심은 선생께서 다시금 나와 주시길 바랐습니다. 그랬는데 갑자기 선생이 돌아가시니, 향년 70이셨습니다. 부음을 듣자 조야가 슬퍼하고 임금께서도 매우 슬퍼하여 영의정으로 추증하고, 일등의 예로써 장사를 지내게 하였습니다.

아들 준寯은 선친의 유언이라 하여 예장을 사양하였으나, 조정에서는 불허하였습니다. 성균관의 유생들이 함께 제사를 올릴 전奠을 갖추고, 글을 지어 제사를 지냈습니다.

선생께서는 비록 별다른 저서는 없다 하나, 의론에 있어 성학聖學(제왕학)을 발휘하셨습니다. 또한 현인의 가르침을 널리 드러낸 것이 세상에 많이 통행되었습니다. 선조 말년에 화담花潭 서경덕이 도학으로 세상에 이름이 높았습니다. 한데 그의 학설에서 많은 기氣를 이理라고 인정하였기 때문에, 그것은 잘못이라고 선생이 학설로써 변증하니 말의 뜻이 맑게 통달

하여 배우는 이들이 믿고 승복하였습니다.

선생은 이 시대 유학자의 종장宗長이 되시니, 정암靜庵 조광조의 뒤로는 더불어 비교할 분이 따로 없습니다. 그 재주의 정도와 기품의 국량局量은 혹 정암에 미치지 못할지 모르나, 의리를 깊이 탐구하셔서 정밀할 것과 세밀한 것을 모두 궁구해 냄에 있어서는 결코 정암이 따를 수 없는 정도이셨습니다….

퇴계에 대한 율곡의 평가는 그가 타계한 지 2년 후, 다시 한번 찾아볼 수 있게 된다. 우계牛溪 성혼을 대신하여 율곡이 지은「제사 드리는 글」에서였다. 이 평가에서도 퇴계를 존숭하는 율곡의 결이 조금도 다르지 않음을 확인해볼 수 있다.

한데 율곡이 퇴계의 제자라는 일부 주장이 있다. 하지만 이러한 주장은 아무래도 받아들이기 어려울 것 같다.

하기는 도산서당이라는 사학을 세워 오랫동안 제자를 양성했던 탓이기도 하지만, 퇴계만큼 수많은 제자를 길러낸 인물도 또 없다. 한데 그의 제자들의 명단이 수록되어 있는『도산급문제현록陶山及門諸賢錄』을 보면 뜻밖의 이름이 눈에 띈다. 퇴계의 제자 명단에 율곡이 적바림되어 있다. 율곡이 퇴계의 제자임을 밝히고 있는 것이다.

그렇대도 율곡이 퇴계를 존숭하고 스승으로 높이는 예를 평생 잊지 않은 것은 분명하나, 그렇다고 그런 사실만으로 단순히 사제라고 치부하기는 무리가 따른다. 그도 그럴 것이 율곡은 퇴계 사후에 독자적 이론으로 퇴계의 학설에 맞서는 큰 학맥을 이뤄내지 않았던가. 퇴계에 대한 율곡의 평가 또한 그의 제자들과는 달리 비판적 관점도 지니고 있음을 주목해보아야 한다.

먼저 율곡이 퇴계가 남긴 업적의 「유사」의 마지막 대목에서, 정암 조광조와 비교하며 퇴계의 인물을 평가하고 있는 대목을 보게 된다. '선생은 이 시대 유학자의 종장宗長이 되었으니, 정암의 뒤로 비교할 분이 따로 없다. 그 재주의 정도와 기품의 국량은 혹 정암에 미치지 못할지 모르나, 의리를 깊이 탐구하여 정밀할 것과 세밀한 것을 모두 궁구해냄에 있어서는 또한 정암이 미치지 못한다'라고 했다. 타고난 재능과 인물의 국량으로 볼 땐 퇴계보다는 정암이 뛰어나지만, 학문의 정밀함에서는 퇴계가 정암보다 더 뛰어나다는 평가하고 있다.

뒤이어 퇴계가 타계한 지 2년 뒤, 우계 성혼을 대신하여 율곡이 써 올린「제사 드리는 글」에서도 또한 다르지 않음을 볼 수 있다. 이 평가에서도『성학십도』로 임금을 인도하면서, 은밀한 부분을 탐색하여 미묘한 것을 밝혀주었다'며, 퇴계의『성학십도』에 주목하고 있기는 하다.

하지만 앞서 본「유사」에서 비록 의론에 있어 성학(제왕학)을 발휘하였다고는 하나, 별다른 저서가 없다고 말하고 있다. 퇴계의 저술로 특별히 드러내어 내세울 만한 것이 없다는 견해임을 알 수 있다.

그런가 하면 율곡이 우계 성혼에게 보낸 답신에서 "요사이 명나라의 정암(整菴 羅欽順)과 퇴계와 화담 세 선생의 설을 보아하니 명나라의 정암이 으뜸이요, 퇴계가 다음이며, 화담이 그다음이다. 그중에서도 정암과 화담에게는 '자득自得의 맛'이 많고, 퇴계에게는 '의양衣樣의 맛'이 많다. …대개 퇴계는 '의양의 맛'이 많으므로 그의 말에 구애가 있고 조심스러운 데 반해, 화담은 '자득의 맛'이 많으므로 그의 말이 유쾌하고 호방하였다. 조심스럽기 때문에 실수가 적고 호방하기 때문에 실수가 많으니, 차라리 퇴계의 '의양'을 취할지언정 화담의 '자득'을 본받아서는 아니 될 것이다"라고 했다.

그렇잖아도 명나라의 나흠순은 이치와 기질을 하나로 보는 '이기일물설理氣一物說'을 주장한다 하여, 퇴계가 생전에 날카롭게 비판한 바 있다. 화담 또한 '기'철학의 입장에서 '기'를 궁극적 존재로 인식함으로써 퇴계로부터 '기'를 '리'로 보는 병통에 빠졌다며 역시 호된 비판을 받았었다.

그러나 율곡의 견해는 조금 달랐던 것 같다. 나흠순과 화담의 학설은 '자득의 맛', 곧 스스로 깨달은 창의적 사유로 인정하고 있다. 그에 반해 퇴계의 학설은 '의양의 맛', 곧 주자의 학설을 그대로 따르는 모방적 사유에 불과하다고 단정 지었다.

물론 조선의 성리학은 이론의 기준으로 주자를 절대치로 삼았던 만큼 주자를 본받고 따르고자 하는 퇴계의 '의양'의 태도에 대해 무어라 딴죽을 걸 순 없는 노릇이다. 그럼에도 퇴계의 독자적 사유 역량이 기본적으로 미흡하다는 점 또한 아울러 꼬집어 비판하고 있음을 볼 수 있다.
앞서 율곡이 학설의 수준으로 명나라의 나흠순이 으뜸이요, 퇴계가 다음이고, 화담이 그다음이라고 한 것도 딴은 그런 이유에서였으리라.

퇴계에게 묻고 듣다

나 - 감히 여쭙겠습니다. 큰 선비의 한평생은 어떠하였습니까? 큰 선비의 일생을 요령 있게 정리해주시길 부탁드립니다.

퇴계 - 허허, 그야말로 이 늙은이에게 저 하늘에 뜬 구름을 잡아오라는 소리같이 들리오. 복잡다단한 인생살이를 어찌 한마디로 정리할 수가 있단 말이오?

나 - 큰 선비를 뵙자니 먼저 공부에 대해 여쭙지 않을 수 없을 것 같습니다. 주자朱子가 『대학』의 첫 장에서 하신 말씀 가운데 이해와 관련된 부분입니다. 나아갈 방향 곧 공부의 목표가 정해지면 마음의 평정을 얻을 수 있고, 마음이 편안해지면 비록 절차가 나누어진다 할지라도 실천하기가 어렵지 않다고 하였습니다. 그러나 마음이 편안해진 뒤에야 깊이 생각할 수 있고, 깊이 생각한 뒤에야 비로소 얻을 수 있다는 것은 아무래도 설명을 해야 할 부분인 것 같습니다.

퇴계 - 성인의 가르침은 앞뒤가 모두 통하고, 정밀한 것과 개략적인 것이 두루 갖추어져 있으므로, 그 사람의 공부의 얕고 깊은 정도에 따라 두루 활용할 수 있을 것이오. 먼저 '마음이 편안해진 뒤에야 깊이 생각할 수 있다'는 것은 개략적으로 이야기하자면, 중간 이하의 사람도 오히려 그것을 힘써 실행할 수 있을 것이오. 그러나 지극히 정밀한 관점에서 이야기하자면 대현大賢 이상이 아니고선 진실로 불가능한 점이 없지만 않을 것이오. 주자는 바로 그 지극히 정밀한 관점에서 이야기한 것일 뿐이라오. 만일 이것을 핑계 삼아 스스로 포기하는 사람이 있다면, 그 사람의 식견과 취향은 이미 도道를 논의하기에 부족하다 할 것이오. 어찌 그런 사람이 핑계 삼을 것을 걱정하여 우리의 설을 낮추어 그들에게 맞추어야 한단 말인가.

나 - 큰 선비의 말씀은 요컨대 목표가 분명할 때 비로소 자발적인 자기 통제와 노력의 힘이 어떠한 외적 강제보다 더 강하다는 설명으로 듣겠습니다.

퇴계 - 그런 셈이라오.

나 - 『중용』에 '신독愼獨'이란 부분이 등장합니다. 우리에게 공부와 더불어 수양하는 방법을 일러주고 있습니다. '신독'을 직역하면 '혼자 있음을 삼가'라는 뜻입니다. 이는 남들이 보지 않는 곳에 '홀로 있을 때' 나태와 방황의 유혹에 빠지기 쉬우니 공부와 수양의 긴장을 더욱 조이라는 의미로 들립니다. 주자는 더 나아가 "홀로 아는 것도 삼가라"라고 풀이하였습니다. 선한 감정을 드러내고 선한 행위를 하는 것보다 더 중요한 건, 선한 행위가 자신에게 정직하고 진실된 마음에서 우러나와야 한다는 것입니다.

혼자만 아는 어떤 의도를 속내에 감춘 채 겉으로 위선을 행하지 말라는 가르침입니다. 다시 말해 '신독'은 도를 온전히 지키기 위해서 그렇게 하라는 말이지, 보이는 것과 드러난 것이 모두 도라는 뜻으로 말한 것이 아니라고 할 수 있는 건가요?

퇴계 - 경계하고 두려워하는 노력도 하지 않고 어찌 하늘로부터 부여받은 밝은 덕을 다 밝힐 수 있겠소. 따라서 주자는 옛사람이 본원을 함양하는 데 대해서는 『소학』에서 이미 극진히 다루었으므로, 『대학』에서는 "바로 사물의 이치를 밝히는 격물格物과 사물의 도리를 깨닫는 치지致知를 먼저 해야 할 일로 삼았다"라고 하였고, 또 후세에 그렇게 하지 못할까 염려하여 '경건하게 집중하라'는 것으로 『소학』의 부족한 공부를 보완하였던 것이오. 그렇다면 다만 이에 따라 공부해야 합니다. 나아가 『대학』에서 '경계하고 두려워함'을 따로 말하진 않았으나, "항상 돌아보았다"라거나 "늘 경건하였다"라고 하였으니 그 속에 '경계하고 두려워함'의 뜻을 이미 내포하고 있는 것이라고 말할 수 있지 않겠소?

나 - 공부 이야기를 하니 분위기가 자못 무거워졌습니다. 이번에는 가벼운 화제로 큰 선비의 취미를 여쭙고자 합니다. 신선을 꿈꾸셨으니 바둑도 두셨을 테고, 시를 읊으셨으니 거문고도 타셨을 줄로 압니다.

퇴계 - 젊었을 적 한때의 일이라오. 바둑도 거문고도 곧잘 두고 타긴 하였었으나, 시간을 너무나 많이 빼앗아간 것 같더이다.

나 - 공부에 방해되었단 말씀이시로군요.

퇴계 - 그랬던 것 같소. 해서 그런 취미를 아예 즐기지 않았소이다.

나 - 혹 젊은 날에 과거 공부를 하시느라 또 미처 배우지 못한 게 있다면 말씀해주시겠습니까?

퇴계 - 활쏘기는 군자의 경쟁이며, 거문고는 사람에게 어긋남을 금해주는 것이라서 배우기를 소망했었던 것 같소. 하지만 과거 공부를 하면서 노모의 뜻을 차마 외면할 수가 없어 미처 배우질 못했다오.

나 - 큰 선비에 대한 후세의 평가가 유난히 드높습니다. 분명한 건 큰 선비의 자취가 왕조의 선비사회에 귀감이 되었을뿐더러, 유교 국가에서 성리학적 이념을 더욱 강화하는 역할을 담당한 일일 것입니다. 그것도 큰 선비께서 세상을 뜬 한참 뒤에까지 그 역할이 더욱 커졌다라는 사실입니다.

퇴계 - 선비로서 내가 분에 넘친 명성을 얻은 것은 부정할 수 없소. 하지만 처음에는 그저 문장에 능하다 해서 내가 사는 지역에서 이름이 좀 났던 것뿐이라오.

나 - 문장이라 하시면 주로 시詩를 가리키는 것입니까?

퇴계 - 그렇소. 내가 12살 때 숙부에게서 『논어』를 배웠는데, 13살에 마칠 수가 있었소이다. 이후론 주로 『시경』에 침잠케 되었는데, 작은 주해註解까지 모두 포함해서 책이 닳도록 수백 번은 읽었던 것 같소. 그랬더니 시가 무엇인지 차츰 눈이 뜨였지 뭐요. 주자도 반복해서 독서하라고 이르지 않았소? "다른 사람이 한 번 읽어서 알면, 나는 열 번을 읽는다. 다른 사람이 열 번 읽어서 알게 된다면, 나는 천 번을 읽는다"라고. 시든 무슨 공부이든 간에 되풀이하여 뜻을 새기는 것처럼 좋은 공부도 딴은 또 없다오.

나 - 큰 선비께선 그러한 시를 곧 올바른 삶, 참된 길을 추구하는 수단으로 지으셨다고 들었는데. 그렇게 이해해도 좋겠습니까?

퇴계 - 선비의 글쓰기란 문文, 사史, 철哲이 한데 어우러지는 경우가 일반적이지 않겠소. 나 또한 일상의 체험을 그 같은 그릇에 담아내고자 하였을 따름이라오. 그런 만큼 선비의 문학은 기예技藝의 협소한 차원에서만 보아서는 아니 될 줄 아오.

나 - 돌이켜보면 큰 선비의 벼슬길은 결코 순탄치 못하였습니다. 그 분수령이 되기도 하는 '양재역 벽서壁書의 변고(1547)'를 꼽지 않을 수 없을 것 같습니다. 성묘를 이유로 고향으로 내려가 있다 홍문관 응교(정4품)로 복귀한 지 불과 2년여 만에 벌어진 사건이었던가요?

퇴계 - 그렇소. 양재역에서 발견된 벽서의 내용은 대강 이렇다 들었소. "여주女主(문정왕후)가 위에서 정권을 쥐고 간신奸臣 이기 등이 아래에서 권세를 농간하니 나라는 이제 곧 망할 것이다. 그날을 가만 서서 기다릴 정도가 되었으니 어찌 한심하지 않으랴. 중추월仲秋月 그믐날" 이 벽서를 빌미로 하여 윤원형 일파가 반대파에 대한 대대적인 숙청을 단행하였던 것이오. 같은 해에 벌어진 정미사화가 그것이오.

나 - 정미사화를 지켜보며 정치 풍파의 한복판으로 잘못 복귀한 것을 깨달으셨을 텐데 어떻게 비켜 가실 수 있었나요?

퇴계 - 병을 빌미로 즉시 물러나고자 하였소. 받아들여지지가 않더이다. 어쩌겠소. 겨우 휴직을 명받아 겨울 내내 대문 바깥에조차 나가지 않았소이다.

나 - 그때부터 큰 선비께선 벼슬에 대한 미련을 버린 채 사직 상소를 거듭해서 올린 끝에 결국 낙향하시게 되었습니다. 이후로도 여러 차례에 걸쳐 임금의 부름이 없지 않았었는데, 벼슬에 대한 미련이 끝내 남아 있지 않으셨던 것입니까?

퇴계 - 세속과는 인연을 아주 끊겠노라 벼렸건만 그렇듯 매정하게 되진 않았던 것 같소. 일단 벼슬을 그만둔 다음에도 미련은 온몸에 남아 쉽게 가시지 않더이다. 어디 공명功名에 마음이 없었다고 말할 수 있었겠소. 어찌 부귀영화에 대한 유혹을 물리치기가 뜻처럼 쉬운 일이기만 하였겠소. 허나 그러한 몸부림이 쌓여 마침내 반석이 되었는지 말년에 이르러 나는 비로소 세상의 영화를 완전히 떨쳐버릴 수가 있더이다.

나 - 매란국죽梅蘭菊竹 사군자四君子란 말이 있습니다. 그에 버금가는 것으로 또한 소나무松가 있습니다. 큰 선비는 이 중에서도 유난히 매화를 사랑하였던 것 같습니다.

퇴계 - 2월이 되면 추위 속에서도 어김없이 순백의 꽃잎을 피어내는 모습이 영롱해서였다오. 마치 역경 속에서도 지조를 지켜야 하는 선비의 인격과 닮아서였는지도 모르겠소. 아무렇든 젊은 날부터 유난히 친밀하게 느꼈던 것 같소. 말년에 도산서원에 머물면서부터는 유일한 내 마음의 벗이 아니었나 싶으오.

나 - 마지막으로 왕조의 근간이 되는 성리학 공부 말고 또 무슨 공부를 더해야 하는지 말씀해주십시오. 큰 선비께

삼가 여쭙습니다.

퇴계 - 밤하늘에 떠오른 둥근 달은 분명 하나이련만, 그 하나의 달은 수많은 못과 시내, 그리고 강물과 바다까지 모두 비추지 않는 데가 없소. 달을 바라보는 뭇 사람의 마음속에 떠오른 달도 그렇지 않겠소? 결코 여럿이 아니라 오직 하나가 아닐까 하오. 그 마음속에 떠오른 무언가 하나를 결코 놓지 말고 부단히 공부해나가면 되는 것이오. 오직 그뿐이라오.

한민족의 정체성을 만든 인물들을 통해, 삶의 지혜와 미래의 길을 연다.

고대

배달 민족의 얼인 고대 동아시아 지배자

나는 치우천황이다

대동 세상을 열려는 너희 본디 마음이 나 치우다

"나는 천산산맥 넘어 해 뜨는 밝은 곳을 향해 내려와
신시 배달국을 열었다. 너도 하느님 나도 하느님,
너도 왕이고 나도 왕이니 서로서로 섬기는 대동 세상 터를
닦고 넓혀왔다. 하여 뭇 생명이 즐겁고 이롭게 어우러지는
세상을 열려는 너희 본디 마음이 곧 나일지니."
-치우천황이 독자에게-

이경철 지음 | 값 14,800원

근세

지킬 것은 굳게 지킨 성인군자 보수의 표상

나는 퇴계다

'완전한 인간'을 위한 자기 단련의 길이 나 퇴계다

"나는 책이 닳도록 수백 번을 읽었다. 그랬더니
글이 차츰 눈에 뜨였다. 주자도 반복해서 독서하라.
이르지 않았던가? 다른 사람이 한 번 읽어서 알면,
나는 열 번을 읽는다. 다른 사람이 열 번 읽어서
알게 된다면, 나는 천 번을 읽었다."
-퇴계가 독자에게-

박상하 지음 | 값 14,800원